Une nuit à Kildare House

ABBY GREEN

Une nuit à Kildare House

Traduction française de
LOUISE LAMBERSON

AZUR

HARLEQUIN

Collection : Azur

Titre original :
THE MAID'S BEST KEPT SECRET

HARPERCOLLINS FRANCE
83-85, boulevard Vincent-Auriol, 75646 PARIS CEDEX 13
Service Lectrices — Tél. : 01 45 82 47 47 - www.harlequin.fr
ISBN 978-2-2804-5451-3 — ISSN 0993-4448

Composé et édité par HarperCollins France. Achevé d'imprimer en juin 2021.
par CPI Black Print - Barcelone - Espagne
Dépôt légal : juillet 2021.

FSC
www.fsc.org
MIXTE
Papier issu de sources responsables
FSC® C159065

Pour limiter l'empreinte environnementale de ses livres, HarperCollins France s'engage à n'utiliser que du papier fabriqué à partir de bois provenant de forêts gérées durablement et de manière responsable.

1.

Maggie rinça sa tasse dans l'évier et la posa dans l'égouttoir, puis elle vérifia que tout était en ordre dans la vaste cuisine immaculée située à l'entresol de la magnifique demeure ancienne.

À l'arrière de la maison s'étendaient des jardins superbement entretenus et comprenant un potager enclos. Il y avait même un petit lac et une forêt. Ainsi que des écuries, vides. Le propriétaire – un richissime homme d'affaires - avait acheté la propriété sur un coup de tête, sans même l'avoir visitée, à un moment où il envisageait d'investir dans les chevaux de course.

Mais il n'avait jamais acheté un seul cheval ni mis les pieds à Kildare House. Aussi la maison restait-elle inoccupée alors qu'il l'avait fait aménager et décorer par un architecte d'intérieur réputé. Quant à la gouvernante, elle avait été embauchée par l'un de ses assistants, à distance.

Ladite gouvernante était la mère de Maggie, et, lorsqu'elle était tombée malade et avait craint de perdre son emploi, Maggie avait quitté son poste de cuisinière dans un restaurant dublinois pour venir l'aider et s'occuper d'elle. À vrai dire, renoncer à son job n'avait pas vraiment représenté un sacrifice, car le chef avait une fâcheuse tendance à harceler le personnel féminin.

Peu après son arrivée à Kildare House, Edith, sa mère, était décédée soudainement. Quand Maggie en avait informé le propriétaire, par l'intermédiaire d'un assistant, celui-ci lui avait demandé si elle pouvait assurer l'intérim en attendant qu'ils aient embauché une autre gouvernante.

Encore sous le choc de cette disparition, elle avait accepté sans réfléchir, soulagée de pouvoir rester en retrait avant de retourner affronter le monde extérieur.

Trois mois s'étaient écoulés depuis, dans une sorte de brouillard douloureux. Maggie commençait tout juste à émerger du chagrin qui l'avait terrassée à la mort de sa mère. Elle avait vécu dans une espèce de cocon mais, à présent, elle ressentait le besoin d'agir. Bien qu'inhabitée, la vaste demeure devait demeurer impeccable et toujours prête à accueillir son propriétaire. Sait-on jamais ? Il pourrait décider de venir y faire un saut. Sur un nouveau coup de tête.

Maggie pinça les lèvres. Cet homme ne lui inspirait que du mépris, à tel point qu'elle ne s'était même pas donné la peine de faire des recherches à son sujet sur Internet. Pour acheter une propriété pareille sans même l'avoir visitée, et ensuite ne jamais y mettre les pieds, il fallait faire partie de ces « individus riches et puissants qui avaient de l'argent à ne plus savoir qu'en faire ».

C'étaient les propres paroles de sa mère. Et celle-ci s'y connaissait en matière d'hommes riches et puissants, pour la bonne raison que le père de Maggie en était un. Magnat de l'immobilier écossais, il avait eu une liaison avec Edith et, quand elle lui avait annoncé qu'elle était enceinte, il n'avait rien voulu savoir, craignant plus que tout qu'elle et sa fille illégitime puissent revendiquer une part de son immense fortune.

Il ne lui avait apporté aucun soutien, se bornant à exercer sur elle menaces et intimidations. Trop blessée, dans sa fierté et dans son cœur, pour réclamer son aide matérielle, la mère de Maggie avait quitté l'Écosse pour l'Irlande, où elle avait travaillé comme gouvernante dans diverses propriétés, sans parvenir à se fixer dans aucune d'elles.

Aussi Maggie avait-elle eu l'occasion de côtoyer plusieurs

spécimens d'hommes riches. Elle soupira. Vu qu'elle était payée généreusement par l'un d'entre eux pour s'occuper d'une maison vide, elle n'allait tout de même pas se plaindre…

À cet instant, un bruit résonna au rez-de-chaussée. Des coups martelés à la porte d'entrée. C'était si étrange d'entendre cela dans la grande maison silencieuse…

Se précipitant vers l'escalier, Maggie déboucha dans le hall au moment où le heurtoir retombait de nouveau sur le battant. Elle alluma l'éclairage extérieur, ouvrit… et crut que son cœur s'arrêtait de battre.

La silhouette d'un homme de haute stature, appuyé au chambranle et la main levée pour saisir le heurtoir, se découpait sur le ciel mauve.

Le souffle coupé, Maggie contempla l'inconnu. Vêtu d'un smoking noir à la coupe classique, il dégageait une sensualité et une virilité inouïes. Fascinée, elle contempla les épais cheveux noirs bouclés, le visage aux traits nobles et bien dessinés, les pommettes sculptées… Il avait des yeux sombres, mais ni bruns ni noirs. Mordorés. La peau mate. Une barbe de deux jours. Une impression de puissance racée émanait de lui.

Tous ces détails la frappèrent aussitôt – une réaction purement instinctive provoquée par la proximité de ce superbe spécimen de mâle.

Son nœud papillon défait pendait d'un côté, et le premier bouton de sa chemise était déboutonné. Lentement, le regard de l'inconnu quitta le visage de Maggie, descendit sur son corps, puis remonta. Appréciateur. Et arrogant.

Elle se souvint soudain qu'elle portait un short et un T-shirt sans manches, et avait les cheveux rassemblés sur le dessus de la tête en un chignon lâche. Sa tenue habituelle quand elle faisait le ménage.

— Je suis bien à Kildare House ? demanda l'apparition, d'une belle voix grave colorée d'un léger accent étranger.

— Oui.

Il se redressa. On aurait pu penser qu'il avait bu, mais son regard direct et perspicace démentait toute ébriété. Il trahissait en revanche un ennui profond.

Quand il se détourna soudain, Maggie s'aperçut qu'un taxi était garé au pied des marches et que le moteur tournait.

L'inconnu s'adressa au chauffeur qui attendait à côté du véhicule.

— C'est bien ici. Merci.

Suffoquée, Maggie vit le chauffeur acquiescer d'un geste de la main, remonter en voiture et s'éloigner rapidement.

— Excusez-moi, dit-elle en agrippant la poignée de la porte, mais qui êtes-vous ?

Il se retourna vers elle.

— Je suis le propriétaire de cette maison. Nikos Marchetti. Par conséquent, c'est plutôt à moi de vous poser la question : qui êtes-*vous* ? Car j'ai vu une photo de la gouvernante et ce n'était assurément pas vous.

Nikos Marchetti ! Le propriétaire qu'elle avait imaginé comme un homme d'âge mûr, bedonnant… Or celui qui se tenait face à elle ressemblait davantage à un guerrier spartiate déguisé en homme du monde.

Il laissa de nouveau son regard descendre sur le buste de Maggie avec la même insolence, un comportement qui l'aurait offusquée s'il n'avait produit un tout autre effet sur son corps.

Refoulant les sensations malvenues qui la parcouraient, elle se redressa du haut de son mètre soixante-dix-sept et croisa les bras.

— Je suis Maggie, la fille d'Edith Taggart. Elle est décédée il y a trois mois, et l'un de vos assistants m'a demandé si je pouvais rester jusqu'à ce qu'une autre gouvernante soit embauchée. Ce que vous ignoriez, manifestement.

Il la dévisagea, impassible.

— Le personnel a pour consigne de ne pas me déranger, sauf en cas d'urgence. De toute évidence, ils ont jugé que vous pouviez faire l'affaire. Je suis néanmoins désolé pour votre mère. Je peux peut-être entrer chez moi, maintenant ?

Choquée par la décontraction de Nikos Marchetti et le ton détaché avec lequel il avait dit qu'il était « désolé », alors que, pour elle, la mort de sa mère constituait l'un des événements les plus douloureux, les plus éprouvants de sa vie, elle répliqua sèchement :

— Et comment puis-je savoir que vous êtes bien Nikos Marchetti ? Je ne vous connais pas. Vous pourriez être n'importe qui, après tout !

Nikos dévisagea la femme qui soutenait hardiment son regard et ressentit un léger choc. Il était… surpris. Agréablement surpris. Et ce sentiment s'accompagnait d'une sensation plus grisante de… désir. Le désir instantané le plus intense qu'il eût jamais éprouvé jusque-là.

Il sortait d'une soirée ultra-mondaine organisée au château de Dublin – à une heure de route de Kildare House –, où il avait côtoyé des femmes superbes et sophistiquées parmi les plus belles du monde. Mais aucune d'entre elles ne lui avait tourné la tête comme cette… fougueuse sylphide.

Bien qu'elle fût trop grande pour être une sylphide. Elle était svelte mais robuste. Souple. Aux seins pleins moulés par le T-shirt, aux hanches généreuses et aux jambes interminables. Elle ressemblait à une reine viking, toute en harmonieuses courbes féminines dont la simple proximité avait pour effet d'enflammer l'esprit de Nikos.

Le charme et la beauté de la reine viking ne s'arrêtaient pas là. Sa chevelure épaisse, d'un magnifique auburn aux reflets dorés, était rassemblée en une sorte de chignon sur le dessus de la tête, dégageant le visage ravissant – hautes pommettes, teint de porcelaine, mâchoire volontaire, nez droit. Et, surtout, d'immenses yeux bleus et une grande bouche aux lèvres pulpeuses, mais pour le moment pincées.

Les bras croisés, elle lui bloquait le passage, l'empêchant d'entrer chez lui.

— C'est la première fois que vous venez ici, n'est-ce pas ?

— J'ignorais que je devais vous rendre compte de mes déplacements, répliqua-t-il en haussant un sourcil. Mais, oui, c'est la première fois.

— Et pourquoi vous décider maintenant ? Ce soir ? Personne ne m'a prévenue de votre arrivée.

— Étant donné que cette propriété m'appartient, et qu'elle devrait être prête à m'accueillir à tout moment, je n'ai pas vu la nécessité de prévenir ou d'informer quiconque.

— Il est tard… J'aurais pu être au lit.

Aussitôt, Nikos fut assailli par une vision de Maggie Taggart étendue sur un lit, nue, les cheveux épars autour de son visage, abandonnée, offerte… La vivacité de la réaction de sa libido le stupéfia. D'habitude, il la contrôlait mieux.

— Vous êtes sérieuse ? riposta-t-il, agacé. Vous comptez vraiment m'empêcher d'entrer ?

— Tant que vous ne m'aurez pas montré une pièce d'identité, oui. Si vous êtes bien Nikos Marchetti, vous devriez apprécier que je ne laisse pas entrer n'importe qui chez vous, il me semble ?

Il retint un juron. Tout le monde ne lui obéissait-il pas au doigt et à l'œil ? Elle avait néanmoins raison sur ce point. En outre, le fait de ne pas avoir été reconnu représentait pour lui une nouveauté qui accroissait encore le désir qui le taraudait. Il était plutôt habitué à rencontrer des gens intéressés par son statut d'héritier d'une fortune colossale. Nikos repoussa ces pensées qui le ramenaient à l'ennui et à l'impression de claustrophobie qui l'avaient poussé à fuir les mondanités et à venir se réfugier à Kildare House, alors qu'il avait presque oublié qu'il possédait une propriété en Irlande.

— Puisque vous m'y obligez…, murmura-t-il en enfonçant la main dans la poche intérieure de sa veste.

Il sortit son passeport et le tendit à la reine viking.

— Quel âge avez-vous ? ne put-il s'empêcher de demander.

— C'est un passeport grec, répliqua-t-elle en levant les yeux. Je croyais que vous étiez italien.

— Je suis les deux. Cela vous suffit, comme explication ? Je peux entrer dans *ma* maison, maintenant ?

Pourquoi se montrait-elle aussi désagréable avec le propriétaire ? Parce c'était bien lui. Nikos Marchetti.

Maggie s'efforça de rassembler les informations données par sa mère. Il était l'héritier d'une immense fortune. Le Marchetti Group, l'une des holdings de produits de luxe les plus puissantes du monde, gérait également un vaste patrimoine immobilier : hôtels, clubs, des quartiers entiers de certaines grandes villes, dont New York.

— Je vous en prie, monsieur Marchetti, dit-elle en s'effaçant pour le laisser entrer. Je suis ravie de vous accueillir à Kildare House.

Elle l'entendit pousser un juron étouffé tandis qu'il s'avançait rapidement dans le hall et posait un petit sac de voyage en cuir sur la première chaise venue. À la lumière, Nikos Marchetti paraissait encore plus athlétique, plus imposant et plus attirant. Après avoir regardé autour de lui, il se dirigea vers l'un des grands salons dont la double porte était ouverte.

Lentement, Maggie referma la porte d'entrée puis le rejoignit. Il avait ôté sa veste qu'il avait posée négligemment sur le dos d'un fauteuil, et, debout devant le bar, il débouchait une bouteille de whisky.

— Voulez-vous que je vous fasse visiter la maison ? demanda-t-elle de son ton le plus professionnel.

En réalité, elle se sentait tout sauf professionnelle. Étrangement, cet homme la faisait frémir au plus intime de son être.

— Je vous suis, répondit-il en se retournant.

Il se dirigea vers elle en buvant une gorgée de whisky, puis continua d'avancer, le verre à la main. Une aura de danger émanait de lui, il avait quelque chose d'un prédateur dans son allure, sa démarche.

Maggie tenta de dissimuler son trouble et lui montra les pièces ouvrant sur le hall circulaire, des salons et salles de réceptions plus ou moins formels, ainsi que la vaste salle à manger destinée aux grandes occasions. À l'arrière, donnant sur les jardins, un bureau avait été aménagé, luxueusement équipé d'ordinateurs dernier cri n'ayant jamais été utilisés.

À côté se trouvait la pièce préférée de Maggie, un salon plus intime équipé d'un écran géant et offrant une bibliothèque bien fournie dont les nombreux volumes avaient sans doute été choisis uniquement pour impressionner les éventuels visiteurs. Les œuvres complètes de Shakespeare, Dickens...

— Continuons la visite, dit Nikos Marchetti en s'arrêtant à côté d'elle.

Sans le regarder, elle retraversa le hall et descendit à la cuisine, à laquelle il jeta à peine un coup d'œil. En revanche, il parut plus intéressé par la salle de musculation et la piscine situées au même niveau. Il y avait également une salle de massage, une autre destinée aux soins du corps et du visage, un sauna et un hammam.

Quand ils furent remontés au rez-de-chaussée, Nikos Marchetti tourna la tête vers Maggie et vida son verre d'un trait. Avec son nœud papillon pendant d'un côté, sa chemise déboutonnée à l'encolure et son verre à la main, il confirmait tous ses jugements sur les hommes riches et puissants.

Rêvait-elle, ou un vif éclat avait-il traversé brièvement les fascinants yeux mordorés ?

À sa grande honte, Maggie sentit une douce chaleur se répandre dans tout son corps et se détourna vivement pour dissimuler son visage. Sur un teint clair comme le sien, la moindre émotion se trahissait par une rougeur embarrassante.

— Les chambres sont au premier étage, dit-elle en s'avançant vers l'escalier, sans vérifier si Nikos Marchetti la suivait.

Mais il était bien là, derrière elle. Maggie sentait sa proximité. Comme si, dès l'instant où elle avait posé les yeux sur lui, sa sensibilité s'était aiguisée.

Nikos avait du mal à se concentrer sur la maison alors qu'il était confronté à la vision tentatrice d'un adorable postérieur et d'une troublante ondulation de hanches. Sans parler des longues jambes nues.

Qu'est-ce qu'il lui prenait, bon sang ? Il était plus sophistiqué que cela, d'ordinaire. Il contrôlait mieux sa libido. Mais bon, il ne s'était pas attendu à ce qu'une femme ravissante lui ouvre la porte de sa maison perdue au fin fond de la campagne irlandaise.

Ravissante et quelque peu guindée… Le dos et les épaules raides, elle s'avança dans le couloir et ouvrit successivement les portes.

— Ce sont toutes des chambres d'amis. La vôtre est au fond du couloir, ici.

Quand elle ouvrit une porte et recula d'un pas, Nikos remarqua qu'elle portait des tongs. Et qu'elle avait de jolis pieds, aux ongles peints d'un beau rose corail.

Il serra les mâchoires et entra dans la chambre, humant de nouveau au passage le parfum poudré et sensuel.

Quant au luxe qui l'entourait, aux larges fenêtres donnant sur les jardins et le parc, il y prêta à peine attention. En fait, il connaissait déjà la pièce pour avoir vu les photos envoyées par l'architecte d'intérieur une fois les aménagements et la décoration terminés.

C'était la première maison qu'il s'était achetée, ses autres propriétés étant des appartements situés dans les hôtels de luxe appartenant à Marchetti Group. Maintenant qu'il se trouvait sur place, Nikos commençait à percevoir les motivations qui l'avaient poussé à acquérir cette demeure.

Il avait agi d'instinct, après avoir vu une simple photo. Il avait obéi à une sorte d'impulsion… viscérale.

Sentant le regard de la reine viking posé sur lui, il se retourna et la regarda. Elle avait de nouveau croisé les bras, la posture soulignant la rondeur de ses seins épanouis sous le fin T-shirt.

Il n'aimait pas se sentir exposé. Encore moins analyser ses motivations. Mieux valait se concentrer sur Maggie Taggart.

— Pourquoi cette tenue ? On dirait que vous participez à un barbecue.

— Si j'avais été informée de votre venue, répondit-elle en rougissant, je serais plus présentable. Mais, comme je ne suis pas censée travailler à cette heure-ci, je ne vois pas pourquoi je devrais justifier ma tenue. J'ai pris la liberté de travailler à des horaires qui me conviennent, sans que cela nuise à l'entretien de la maison. Je travaille sept jours sur sept et je veille à ce qu'elle soit prête à vous accueillir à tout instant.

Un sentiment incongru de culpabilité traversa Nikos.

— Elle est parfaitement entretenue, en effet, acquiesça-t-il. Écoutez, que diriez-vous de recommencer depuis le début ?

Quand il s'avança vers la jeune femme, il remarqua le pouls qui battait à la base de son cou. Maggie Taggart paraissait soudain vulnérable. Et moins guindée.

— Permettez-moi de me présenter, reprit-il en lui tendant la main. Je suis Nikos Marchetti, le propriétaire de Kildare House. Désolé de ne pas vous avoir prévenue de mon arrivée et merci d'avoir aussi bien entretenu la maison !

Après l'avoir dévisagé un instant d'un air méfiant, elle finit par glisser la main dans la sienne. La sensation des doigts fins, de la paume douce, faillit avoir raison de son contrôle. Dominant le désir qui pulsait en lui, Nikos resserra la main autour de celle de la reine viking.

Qu'avait-il dit ? Maggie avait du mal à respirer, l'esprit confus. Elle n'était consciente que de la grande main enserrant la sienne, qui lui parut minuscule. Nikos Marchetti la dominait, lui donnant pour la première fois de sa vie l'impression d'être… délicate.

Même perchée sur des hauts talons, elle lui serait à peine arrivée au menton. Et ce constat la déboussolait. Il était rare qu'elle ait à lever les yeux pour regarder un homme. Non qu'elle en ait eu souvent l'occasion. Déménageant sans cesse avec sa mère, Maggie n'avait jamais pu nouer d'amitiés solides, et toute ébauche de rendez-vous amoureux avait tourné court parce qu'immanquablement les hommes qui l'intéressaient ne supportaient pas de mesurer quelques centimètres de moins qu'elle.

À cet obstacle s'ajoutait sa méfiance générale envers la gent masculine, inculquée par sa mère. Aussi Maggie n'avait-elle jamais eu de relation intime avec quiconque.

Mais là, maintenant… la situation avait quelque chose de terriblement troublant.

— Avez-vous dîné ? demanda-t-elle en dégageant sa main. Il reste du ragoût de poulet, c'est un plat typiquement irlandais. Si vous en voulez, je peux vous le réchauffer.

Elle se serait giflée. Elle disait cela pour meubler, comme chaque fois qu'elle se sentait nerveuse. D'instinct, Maggie recula de quelques pas pour mettre de la distance entre eux. S'éloigner de cet homme qui inspirait toutes sortes de pensées… dérangeantes.

Nikos Marchetti était son employeur.

— Pourquoi pas ? dit-il avec un imperceptible haussement d'épaules. Je vais prendre une douche et me changer, et je redescends.

— En cas de besoin, vous avez une garde-robe complète à votre disposition dans le dressing de votre chambre.

Sur ces paroles, elle tourna les talons et longea rapidement le couloir en se maudissant. Il était magnifique, certes, et follement sexy, mais il devait produire le même effet sur toutes les femmes qu'il rencontrait. Et ses propres réactions démontraient qu'elle-même n'était pas insensible à son charme sensuel et viril, voilà tout.

Au moment où elle traversait le hall, Maggie aperçut le petit sac de voyage en cuir noir de créateur. Le monter dans sa chambre faisait probablement partie de ses attributions.

Une fois arrivée devant la porte entrebâillée, elle s'arrêta et hésita un instant. N'entendant aucun bruit à l'intérieur, elle frappa et attendit, le cœur battant à tout rompre.

Pas de réponse. Doucement, Maggie poussa la porte et vit que celle de la salle de bains était à demi ouverte. Il était déjà sous la douche.

S'avançant sans faire de bruit, elle posa le sac au pied du lit, puis, juste avant de faire demi-tour, elle tourna les yeux vers la porte de la salle de bains et vit une silhouette sombre derrière la paroi de verre. L'eau avait cessé de couler. Pétrifiée, Maggie vit le corps de Nikos Marchetti se profiler avec davantage de netteté, avant d'émerger de la cabine.

Une sorte de vrombissement résonna dans sa tête. Il était nu et… beau à couper le souffle. Elle promena son regard sur la toison brune qui couvrait en partie le torse musclé, descendait sur le ventre, puis là où… Médusée, Maggie le contempla.

Au même instant, il s'immobilisa.

Levant les yeux, elle croisa le regard mordoré, tandis que, pas troublé le moins du monde, Nikos Marchetti s'emparait d'une serviette blanche et en ceignait ses hanches étroites. Sans prononcer un mot.

Une sorte de déclic se produisit alors en Maggie.

— Excusez-moi, je…, balbutia-t-elle. Je pensais que… vous pourriez avoir besoin… de votre sac…

Incapable de soutenir plus longtemps le regard pénétrant, elle se détourna et sortit précipitamment de la chambre, le visage et le corps en feu.

Nikos termina le verre de vin blanc qui avait accompagné un ragoût de poulet très savoureux. À vrai dire, il ne s'était pas rendu compte qu'il mourait de faim jusqu'à ce que Maggie place devant lui, sur la table ovale de la salle à manger – la plus petite et la plus charmante pièce de la maison –, une assiette d'où montait un fumet délicieux.

Décidément, il allait de surprise en surprise… D'abord la découverte d'une gouvernante beaucoup plus jeune qu'il ne s'y attendait. Belle, de surcroît, et d'une sensualité qui remuait quelque chose en lui, au plus profond de son être, alors que la plupart des femmes ne l'atteignaient jamais que superficiellement. Il aimait cela. La superficialité lui convenait très bien. Après avoir compris très tôt que ses besoins affectifs ne seraient jamais satisfaits, Nikos ne recherchait ni la durabilité ni la profondeur dans ses relations intimes. Il préférait les plaisirs éphémères, se concentrant plutôt sur ses affaires et sur son rôle dans l'entreprise familiale.

Maggie réapparut sur le seuil de la salle à manger. Il la revit au moment où, sortant de la douche, il l'avait surprise en train de le dévorer littéralement des yeux, comme si c'était la première fois qu'elle voyait un homme nu. Pétrifiée au milieu de la chambre, l'air subjugué, presque incrédule, elle fixait la partie la plus intime de son anatomie que même l'eau froide n'avait pas réussi à calmer.

Dieu merci, elle s'était ressaisie et avait quitté rapidement la pièce parce que, sinon, elle aurait vraiment vu l'effet qu'elle produisait sur lui. De son côté, il avait dû s'infliger une nouvelle douche froide, en refusant de céder au besoin d'assouvir lui-même le désir qui le lancinait. Il n'était pas esclave de sa libido, bon sang ! Même si elle était soumise à rude épreuve.

La reine viking portait maintenant un chemisier blanc et un pantalon noir, des mocassins, noirs eux aussi. Et ses cheveux épais étaient noués en un chignon sage sur la nuque.

Évitant de croiser son regard, elle s'approcha de la table et prit l'assiette vide.

— C'était très bon, dit Nikos, sincère. Excellent, même. Vous l'avez préparé vous-même, si j'ai bien compris ?

Maggie se força à regarder Nikos Marchetti.

— Je travaillais comme cuisinière dans un restaurant, répliqua-t-elle à la hâte. C'est ce que je voudrais faire… Devenir chef.

— Pourquoi êtes-vous partie ? demanda-t-il en fronçant les sourcils.

Mon Dieu, il la dévisageait comme s'il lisait en elle… et devinait le trouble qu'elle s'efforçait de dominer, sans grand succès, hélas.

— À cause de la maladie de ma mère. Et aussi parce que le chef avait les mains trop baladeuses à mon goût.

— Vous voulez dire qu'il vous touchait ? s'exclama Nikos Marchetti, l'air scandalisé.

— Pas seulement moi, expliqua Maggie, surprise par sa réaction, mais presque toutes les femmes qui s'approchaient de lui. Alors, quand ma mère est tombée malade, je n'ai pas eu de mal à prendre ma décision. Elle a cru pouvoir s'en sortir avec mon aide mais, malheureusement, son état de santé s'est vite dégradé…

Nikos Marchetti se leva et lui ôta l'assiette des mains, puis tira une chaise pour elle.

— Asseyez-vous.

Après avoir hésité un instant, elle obéit.

— Je suis désolé d'avoir débarqué à l'improviste, reprit-il en se rasseyant en face d'elle. J'aurais dû demander qu'on vous appelle pour vous prévenir de ma venue. Et je suis navré pour votre mère. Sincèrement. Vous étiez proches, j'ai l'impression.

Maggie le regarda. Peut-être que, en se répétant qu'il

était son employeur, elle parviendrait à ignorer les multiples signaux qui semblaient circuler entre eux. Les sensations qu'il faisait naître en elle. Surtout quand il la contemplait ainsi…

— Oui, nous étions très proches. Elle m'a élevée seule.

— Votre père n'était pas présent ?

— Non, répondit Maggie en secouant la tête.

Voulant à tout prix changer de sujet, elle enchaîna :

— Et vous ? Vous avez encore votre mère ?

Le visage de Nikos Marchetti se ferma.

— Non. Elle est morte depuis longtemps. Je ne garde aucun souvenir d'elle.

Il mentait, devina Maggie. Au moins en partie.

— Je suis désolée. Perdre un parent est douloureux, à tout âge.

Tendant la main, elle reprit l'assiette et se leva.

— Si vous voulez aller vous installer dans le petit salon, je vous apporterai du café . Ou du thé ?

Durant quelques instants, il la regarda, mais sans la voir. Ou comme s'il avait oublié sa présence. L'image qu'il présentait au monde, celle d'un homme riche et insouciant, était fabriquée de toutes pièces, comprit Maggie en se détournant. Sous la surface, Nikos Marchetti cachait des émotions beaucoup plus intenses. Et, sous ses dehors décontractés, il demeurait sur ses gardes.

— Je prendrai un whisky. Mais à une condition.

À mi-chemin vers la porte, elle se retourna. Il s'était levé et la contemplait avec sa nonchalance habituelle.

— Laquelle ? demanda Maggie, le cœur battant la chamade.

— Vous prenez un verre avec moi. C'est le moins que je puisse faire pour me faire pardonner d'être arrivé à l'improviste.

Elle resserra les doigts autour de l'assiette en retenant son souffle. La perspective de partager un moment plus intime avec lui, après l'avoir vu complètement nu…

— Je vous remercie, mais ce n'est vraiment pas nécessaire.

— S'il vous plaît. Cela faisait une éternité que je n'avais pas passé de moments aussi agréables. Alors, vous voulez bien accepter ? Juste pour me faire plaisir ?

2.

Nikos se rendit au salon en se demandant si Maggie allait accepter son invitation à boire un verre avec lui.

D'ordinaire, il n'avait pas à lutter beaucoup pour obtenir ce qu'il désirait, qu'il s'agisse de femmes ou de transactions d'affaires. Mais, depuis quelque temps, il éprouvait un sentiment d'ennui de plus en plus pesant.

S'avançant vers la porte-fenêtre, il l'ouvrit et sentit l'air tiède lui caresser la peau. Dehors, rien ne bougeait. Quand s'était-il trouvé dans un endroit aussi paisible pour la dernière fois ? À sa grande surprise, Nikos s'aperçut que ce calme lui faisait du bien. Que l'effervescence à laquelle il était accoutumé ne lui manquait pas le moins du monde. Au contraire, la sérénité ambiante l'apaisait.

Personne ne savait qu'il se trouvait là. Il avait acheté cette propriété entre autres pour son isolement. Mais pourquoi avait-il décidé spontanément de l'acquérir dès qu'il avait vu les photos ? Nikos l'ignorait et ne voulait pas y songer pour l'instant. Encore moins analyser cette sensation étrange de se sentir chez lui à Kildare House, alors qu'il ne s'était jamais senti chez lui nulle part.

Il se dirigea vers la bibliothèque et regarda les livres alignés sur les rayonnages. Il en reconnut un. C'était l'un des livres préférés de son enfance, et, dès qu'il l'ouvrit, il fut ramené à l'époque où il se réfugiait dans la lecture pour s'échapper.

Entendant un bruit de pas, il se retourna et vit Maggie entrer avec un plateau sur lequel étaient posés deux verres et une bouteille de whisky. Un frisson le traversa, mais la soirée lui avait déjà offert tant de surprises qu'il s'en étonna à peine.

Elle s'arrêta en voyant le livre qu'il tenait à la main.

— Excusez-moi, dit-elle avec embarras. Je me suis permis de glisser quelques-uns de mes livres parmi ceux de la bibliothèque. J'espère que cela ne vous dérange pas…

— Pas du tout, répliqua-t-il en remettant l'ouvrage à sa place.

Sans dire un mot, elle déposa le plateau sur la table, versa du whisky dans les deux verres, puis lui en tendit un et prit l'autre.

— À votre santé ! dit Nikos en levant son verre.

Les joues roses, elle se rapprocha pour entrechoquer rapidement leurs deux verres.

— À votre santé !

Elle porta le verre à ses lèvres, en but une petite gorgée et fit la grimace.

— Vous n'avez pas l'habitude de boire du whisky ?

— Non, répondit-elle en secouant la tête. Mais j'ai toujours eu envie d'y goûter.

— Ah, c'est pour cela que vous avez accepté de boire un verre avec moi, alors ? À titre d'expérience ?

— En quelque sorte, dit Maggie, faussement désinvolte.

Pourvu qu'il ne se rende pas compte qu'en réalité elle n'était pas très à l'aise !

Elle se risqua à le regarder du coin de l'œil. Il avait les yeux rivés sur elle. Embarrassée, elle se concentra de nouveau sur son verre, non sans avoir eu le temps de repérer une lueur gentiment moqueuse pétiller dans les yeux de Nikos Marchetti. Comme s'il savait ce qu'elle ressentait

— Comment vos livres ont-ils survécu aussi longtemps ? demanda-t-il d'un ton neutre.

— Je… Nous avons beaucoup bougé, ma mère et moi, quand j'étais enfant. Mes livres me permettaient de m'évader d'un monde qui changeait tout le temps. Ils représentaient pour moi une sorte de repère. Je les garde précieusement, presque par… superstition. C'est ridicule…

— Absolument pas. Je vous comprends.

— Vous me comprenez ? fit Maggie, suffoquée.

— J'avais les mêmes, répliqua-t-il avec une petite grimace comique. Mais je ne les ai plus depuis longtemps et je ne lis plus beaucoup. Par manque de temps.

— Je ne vous aurais pas imaginé en rat de bibliothèque, de toute façon, repartit-elle spontanément.

Il la regarda en haussant un sourcil moqueur.

— Tous les riches play-boys ne sont pas des illettrés, vous savez.

Cette fois, Maggie ne put s'empêcher de sourire. Il avait ouvert la porte-fenêtre, et un calme profond montait des jardins. Mais, en dépit de la paix qui régnait alentour, elle sentait un courant électrique couler dans ses veines. Un flot de sensations dangereuses, et terriblement excitantes.

— Vous ne vous ennuyez pas, ici ? demanda Nikos. C'est un peu bizarre de voir une jolie femme comme vous travailler dans un lieu aussi isolé.

Son cœur fit un petit bond dans sa poitrine. Jolie ? Elle ? Maggie redescendit brutalement sur terre. Il devait dire cela à toutes les femmes.

— Depuis la mort de ma mère, je suis contente d'être au calme pour faire mon deuil. De toute façon, je ne suis pas vraiment du genre à aller en boîte tous les soirs.

Alors que, lui, il devait fréquenter toutes sortes de clubs huppés, en compagnie de femmes superbes.

— Pourquoi avez-vous acheté cette maison ? demanda-t-elle à brûle-pourpoint.

— Je dois avoir une raison ?

— Non… Pas du tout… Je voulais simplement dire que ce n'est pas un endroit pour un homme comme…

Elle s'interrompit en rosissant.

— Cela représente un investissement. Je pensais acheter

des chevaux de course plus tard, aussi avais-je besoin d'une propriété comprenant des écuries.

Sans savoir pourquoi, Maggie n'y crut qu'à moitié.

— Qu'est-ce qui vous a poussé à venir ici ce soir ?

— On ne vous a jamais dit que vous posiez beaucoup de questions ?

— Si, ma mère…, avoua-t-elle, les joues en feu. Tout le temps. Elle me disait que je lui cassais les oreilles avec mes questions.

Une fois de plus, Nikos fut surpris par la franchise de Maggie et par le fait qu'elle ne semblait pas avoir peur de lui. C'était rafraîchissant. Et excitant.

En vérité, il était venu là pour échapper à un soudain sentiment de claustrophobie. Au départ, il avait voulu rentrer à Londres, mais il n'y avait pas de vol avant le lendemain matin, et soudain il s'était souvenu de Kildare House. Où il n'avait jamais mis les pieds. Alors il avait décidé d'y aller. Tout simplement.

Lorsque la reine viking avait ouvert la porte, il avait subi une sorte d'électrochoc. De désir pur.

Comme si elle avait perçu le tour que prenaient ses pensées, Maggie vida son verre et le reposa sur le plateau.

— Merci encore, dit-elle en fixant la table. À quelle heure souhaitez-vous prendre le petit déjeuner ?

Quand elle le regarda, Nikos fut ébloui par ses grands yeux bleus tirant sur le turquoise. Une adorable roseur colorait ses hautes pommettes. Son pouls battait frénétiquement à la base de son cou gracieux. Ses seins ronds soulevaient son chemisier blanc à chaque respiration.

L'alchimie entre eux était si intense qu'il en sentait presque le goût sur ses lèvres. Elle le désirait autant qu'il la désirait. Et il s'y connaissait en matière de femmes et de désir.

— Je me fiche complètement du petit déjeuner. Vous allez nier longtemps que vous ressentez la même chose que moi ?

Le cœur de Maggie manqua un battement. Elle avait peut-être mal entendu.

— Excusez-moi, vous pouvez répéter ?

Il sourit, d'un lent sourire dévastateur. Une chaleur traîtresse se répandit en elle, lui monta aux joues.

— Vous avez très bien entendu, Maggie.

Son prénom sur ces lèvres sensuelles... La voix de baryton passa sur sa peau, douce comme de la soie.

— Je ne comprends pas de quoi vous parlez, répliqua-t-elle, au comble du malaise. Si vous voulez bien m'excuser, je vais aller me coucher.

Le cœur battant à tout rompre, le corps en feu, elle se détourna pour se diriger vers la porte. Aucun homme ne lui ayant jamais fait un tel effet, elle ne savait comment gérer cette situation impossible. Il fallait adopter une attitude blasée, décontractée. Sinon, Nikos Marchetti ne ferait qu'une bouchée d'elle, Maggie n'en doutait pas un instant.

— Vous n'êtes pas curieuse ?

La voix grave et soyeuse coula en elle, chaude, douce...

— Savez-vous à quel point il est rare de ressentir une telle alchimie ? poursuivit Nikos.

Non. Parce qu'elle n'avait jamais rencontré un homme comme lui et que ce qu'il appelait de l'alchimie la terrifiait et l'excitait à la fois. Elle était vierge et, face à lui, elle avait l'impression de perdre pied.

Maggie se retourna avec réticence.

— Je suis certaine que, à cette soirée mondaine, il y avait une foule de femmes prêtes à explorer cette alchimie avec vous.

— Peut-être, mais aucune d'entre elles ne m'attirait,

répliqua-t-il. En revanche, je vous ai désirée au premier regard. Cela ne m'était pas arrivé depuis très longtemps.

Un frisson brûlant la parcourut.

Ce n'étaient que des paroles. Il jouait avec elle. Aux yeux de Nikos Marchetti, elle représentait une nouveauté. Une fantaisie qu'il voulait s'offrir en passant.

Furieuse de ne pas maîtriser ses propres réactions, Maggie redressa le menton.

— Vous dites cela parce que vous êtes blasé. Cela n'a rien à voir avec moi.

— Vous avez raison, reconnut-il avec un petit sourire en coin. Je suis blasé, c'est vrai. Et cynique.

Déstabilisée par sa franchise, elle le dévisagea en silence.

Il secoua la tête.

— Cela faisait un bout de temps que l'on ne m'avait pas surpris. Mais vous y avez réussi, Maggie. Et vous m'avez rappelé de surcroît que tout le monde n'était pas comme moi.

Quand il posa son verre et s'avança, elle le regarda se rapprocher en retenant son souffle, pétrifiée.

— Je n'irai pas par quatre chemins, dit-il en s'arrêtant à quelques pas d'elle. Je vous désire comme je n'ai désiré aucune femme depuis une éternité. Vous m'intriguez. Vous m'excitez. Mais je suis bien conscient que la situation n'est pas idéale. Alors quoi qu'il arrive, et si vous êtes d'accord, ce qui se passera entre nous n'aura rien à voir avec notre rapport d'employeur/employée. Il s'agira de désir mutuel, entre deux adultes consentants. À vous de décider. Je prends le premier avion pour Londres demain matin. Je ne sais pas quand je reviendrai.

Jamais Maggie n'avait rencontré quelqu'un d'aussi direct. Nikos Marchetti la laissait décider. Mais comment savoir ce qu'elle devait faire ? Son cœur lui martelait les côtes, si fort qu'elle avait l'impression que les battements saccadés résonnaient dans toute la pièce.

— Je ne pense pas que ce soit une bonne idée…

Il se rapprocha d'un pas. Il était si proche qu'elle voyait des pépites dorées et vertes scintiller dans ses yeux sombres. Des effluves épicés lui caressaient les narines…

— Vous avez sans doute raison. En temps normal, je n'envisagerais jamais de mêler affaires et plaisir. Mais cette soirée est particulière et je suis prêt à prendre le risque. Si vous l'êtes aussi.

Maggie déglutit avec peine.

— Non, je ne crois pas être prête.

Il la dévisagea un long moment en silence.

— Comme vous voudrez. Bonne nuit, Maggie.

Sans attendre sa réaction, il quitta la pièce tandis qu'elle se retournait pour le regarder s'en aller d'une démarche souple et virile à la fois.

Une fois qu'il eut disparu, elle laissa échapper un soupir tremblant, puis leva la main et s'effleura les lèvres, s'attendant presque à les trouver gonflées, comme s'il l'avait embrassée.

Elle aurait aimé qu'il le fasse, s'avoua Maggie en poussant un gémissement étouffé. Jamais elle n'aurait imaginé vivre un tel scénario, même dans ses rêves les plus fous. Elle vivait dans un endroit isolé, coupée du monde, et pourtant, l'un des hommes les plus sexy, les plus séduisants de la planète venait de dire qu'il la désirait.

Non seulement il l'avait dit, mais c'était la réalité. Il la désirait. Maggie n'avait jamais éprouvé ce genre d'attirance, persuadée que cela n'existait que dans les romans à l'eau de rose que lisait sa mère. Elle-même se targuait d'être plus réaliste. Il reconnaissait qu'il était cynique, mais elle l'était aussi, à sa manière.

Un nouveau frisson la traversa, mais pas de désir, cette fois. C'était plutôt un pressentiment. Une alarme. Elle n'avait jamais eu l'intention de rester indéfiniment à Kildare House, mais trois mois avaient passé sans qu'elle ne s'en rende compte. Si elle n'y prenait garde, elle finirait comme la Miss Havisham des *Grandes Espérances* de Dickens. À la différence près qu'elle ne se lamenterait pas sur la perte d'un amour perdu, puisqu'elle n'aurait jamais vécu de relation amoureuse. Ne serait-ce que le temps d'une nuit.

Nikos Marchetti lui proposait de partager un moment avec lui, d'explorer ensemble l'alchimie qui frémissait entre eux.

Sans doute avait-il l'habitude de vivre de telles expériences. Il ne s'embarrassait pas de préambules et séduisait les femmes qui lui plaisaient. Il n'avait pas besoin de leur faire la cour, car elles étaient toutes prêtes à lui tomber dans les bras. Mais qu'y avait-il de mal à satisfaire ses désirs ? Il ne jouait pas la comédie de l'amoureux transi. Il était franc, comme il venait de le lui montrer.

Après avoir fermé la porte-fenêtre, Maggie prit le plateau, la bouteille de whisky et les verres vides, puis descendit les déposer à la cuisine. Le silence régnait dans la maison. Elle aurait presque pu croire qu'elle avait rêvé tout ce qui s'était passé depuis les coups impérieux frappés à la porte.

Sauf que les changements phénoménaux survenus dans son corps prouvaient qu'elle n'avait pas rêvé. Nikos Marchetti ne l'avait même pas touchée, mais elle sentait une force nouvelle éclore en elle. Elle se sentait vivante. Un courant délicieux courait sur sa peau. Son cœur battait à tout rompre.

Maggie repoussa les folles images qui naissaient dans son esprit. Elle s'était promis de ne pas suivre le même chemin que sa mère. Edith s'était laissé éblouir par un homme riche et puissant qui s'était vite lassé d'elle et l'avait rejetée sans scrupule. Maggie s'était juré de ne jamais se laisser traiter de manière aussi abjecte. Si elle devait vivre un jour une relation amoureuse, son partenaire serait son égal. Il partagerait ses valeurs, aspirerait à une vie simple et saine. Il assumerait ses responsabilités, ses actes.

Et si elle avait des enfants, elle souhaitait qu'ils grandissent dans un foyer stable et s'y sentent en sécurité. Qu'ils n'aient jamais à se demander ce qu'ils avaient bien pu faire pour susciter la haine et le rejet de leur père.

Ils grandiraient avec leurs deux parents et ne déménageraient pas sans cesse. Ils pourraient nouer des amitiés durables.

Alors, comment envisager d'accepter la proposition scandaleuse de Nikos Marchetti ? Il était l'opposé de ce qu'elle désirait. Maggie n'avait rien à faire avec un homme riche et arrogant qui achetait des maisons immenses sur un coup de tête et n'y mettait jamais les pieds.

Un sentiment d'impuissance la gagna. Une foule d'idées lui passaient par la tête et se bousculaient, affreusement contradictoires.

Il ne lui avait pas parlé de relation à long terme.

Alors, serait-ce vraiment mal de s'offrir un peu de bon temps, de ne penser qu'à elle et à elle toute seule ? À elle qui ne s'était jamais permis le moindre écart ? N'avait jamais cédé à aucun désir égoïste ?

Nikos Marchetti ne faisait que passer à Kildare House. Il partirait dès le lendemain matin et ne reviendrait sans doute pas avant des lustres. S'il revenait un jour…

Une myriade de sensations délicieuses se déploya dans tout son corps, si intenses que Maggie posa la main sur son ventre pour les calmer.

Elle repensa à l'instant où elle l'avait vu sortir de la douche, superbe, viril…

Pouvait-elle vraiment accepter sa proposition ?

En proie à une fébrilité insensée, Maggie appuya sur les différents interrupteurs, plongeant la vaste cuisine dans la pénombre, puis remonta au rez-de-chaussée où elle se dirigea vers l'escalier principal.

Sa chambre était située à l'écart des autres, à l'extrémité d'un petit corridor dérobé. Une fois sur le palier, elle hésita. Elle pouvait rejoindre sa chambre, fermer la porte et, le lendemain matin, Nikos Marchetti serait parti avant même qu'elle soit réveillée. La tentation serait passée. L'occasion aussi. Jamais plus leurs univers ne se rencontreraient. Ils évoluaient dans des sphères diamétralement opposées. S'il revenait un jour à Kildare House, Maggie aurait quitté la propriété depuis longtemps.

Et elle serait toujours vierge.

Cette éventualité lui parut insupportable et, soudain, elle sentit une audace inconnue s'emparer d'elle. Nikos Marchetti lui proposait de vivre une expérience inédite, osée. Il lui offrait sa force, sa vitalité. Après avoir assisté au déclin de sa mère, Maggie avait désespérément besoin de cette force.

Sans plus réfléchir, elle tourna les talons et emprunta le couloir conduisant à la chambre de Nikos Marchetti. Elle s'arrêta devant la porte, en proie à un léger vertige.

Allait-elle vraiment franchir le pas ?

Maggie leva la main et s'aperçut que ses doigts tremblaient. Elle laissa retomber son bras. Elle ne pouvait pas le faire. Le cœur lui martelant les côtes, elle se détourna… et resta clouée sur place.

Nikos Marchetti la regardait, immobile au milieu du couloir. Nu jusqu'à la ceinture, en pantalon de jogging à taille basse, une serviette posée sur les épaules. Il avait les cheveux humides. La peau luisante.

Il revenait de la salle de musculation, réalisa Maggie.

Ce fut le dernier éclair de lucidité qui lui traversa l'esprit. Comme il se rapprochait d'elle, elle huma les effluves épicés de son parfum…

— Maggie ?

Émergeant de sa torpeur, elle détacha son regard des impressionnants pectoraux.

— Oui ?

— Vous n'êtes pas venue vérifier que j'avais tout ce qu'il me fallait, je présume ?

Il était encore temps de s'en aller. De le contourner et de rejoindre sa propre chambre.

Maggie secoua lentement la tête.

— Vous savez ce que vous faites ?

Non. Mais peu importait.

— Je… Je crois, murmura-t-elle.

Il se rapprocha encore, les yeux étincelant de reflets dorés.

— Il faut que vous soyez certaine de le vouloir, Maggie.

Le désir l'embrasa tout entière, impossible à endiguer.

— J'en suis certaine.

Un frisson exquis la parcourut quand elle balbutia :

— Nikos…

Aussitôt, il referma les mains autour de son visage et pencha la tête vers elle, les yeux dans les siens.

— Quand nous franchirons le seuil de cette chambre, nous serons des égaux, Maggie. Tu ne feras que ce que tu voudras bien faire. Et tu le feras parce que tu le désires. Parce que nous le désirons tous les deux.

— Je sais ce que je fais, dit-elle d'une voix rauque en soutenant son regard. Et je le désire.

Sans dire un mot, il lui prit la main, ouvrit la porte et l'entraîna à l'intérieur de la chambre qui baignait dans une douce lumière tamisée. Dehors, le ciel mauve avait pris une teinte violette ; en été, l'obscurité totale ne durait que quelques heures.

Nikos lui lâcha la main et se tourna vers elle.

— Je devrais prendre une douche.

— Non, ce n'est pas la peine, murmura Maggie.

Elle adorait son odeur virile et musquée.

Les yeux étincelants, il la laissa tomber la serviette qui lui entourait les épaules dans le fauteuil.

— Viens.

Le cœur battant la chamade, elle s'avança d'un pas.

— Défais ton chignon.

Maggie obéit docilement et libéra ses cheveux qui tombèrent sur ses épaules en boucles indisciplinées.

Levant la main, Nikos saisit une longue mèche et l'enroula autour de ses doigts, attirant ainsi Maggie vers lui.

— Tu as des cheveux magnifiques…

Ses jambes se mirent à trembler si fort qu'elle craignit de

s'effondrer. Il laissa descendre la main qui la tenait toujours par les cheveux et lui caressa le cou du bout du pouce, à l'endroit où son pouls battait comme un fou.

— Touche-moi, dit-il en lui soulevant le menton.

Maggie posa les mains sur le torse musclé, sentit la toison sous ses paumes, la chaleur de la peau. Lorsque les muscles se contractèrent sous ses doigts, elle eut soudain l'impression de manquer d'oxygène, en dépit de la brise légère qui entrait par la fenêtre ouverte.

Lentement, Nikos pencha la tête en même temps qu'il refermait sa main libre sur son bras. Il s'immobilisa, Maggie sentit la caresse de son souffle chaud sur ses lèvres. Elle reconnut le parfum du whisky…

Tout parut s'arrêter tandis qu'elle attendait que sa belle bouche sensuelle effleure la sienne. Après cela, plus rien ne serait comme avant, pressentit-elle tout à coup.

Mais rien ne l'avait préparée aux sensations qui ruisselèrent en elle dès que la bouche de Nikos prit possession de la sienne. Avec un art inouï, il lui caressa les lèvres du bout de la langue pour les ouvrir, avant d'explorer sa bouche avec une ardeur qui la fit chavirer.

Plus il approfondissait le baiser et plus elle avait faim de lui. Comme si, durant des années, elle avait été privée d'une nourriture essentielle.

Nikos avait l'impression de perdre pied, de sombrer dans la chaleur du désir qui les consumait tous deux. La bouche de Maggie avait un goût… divin. Hésitante et douce d'abord, elle s'était enhardie, embrasant ses sens comme jamais aucune autre femme ne l'avait fait avant elle.

Souple et chaud, son corps aux courbes délicieuses tremblait contre le sien. La sensation de ses seins moelleux pressés contre son torse l'enivrait. Il brûlait de les dénuder, de les caresser, avec ses mains, ses lèvres…

Presque maladroitement, Nikos déboutonna son chemisier, puis rouvrit les yeux. Ceux de Maggie restèrent clos, ses longs cils foncés posés sur ses joues.

Elle souleva les paupières et entrouvrit ses lèvres framboise…

Le désir lui martelait la poitrine, lui pulsait aux tempes. Baissant les yeux, il cessa de respirer en voyant ses seins haut perchés prisonniers de la dentelle ivoire. Sa taille de guêpe. Cette femme possédait une sensualité, un pouvoir de séduction dont elle ne semblait pas consciente.

Une adorable roseur envahit ses pommettes, faisant ressortir son teint de porcelaine. Doucement, il lui souleva le menton.

— Tu es divine.

Ses joues s'empourprèrent.

— Je ne porte rien de… spécial.

Nikos eut du mal à ne pas lui arracher le reste de ses vêtements, avant de s'enfouir en elle et d'assouvir son désir sans plus attendre.

— Tu es la femme la plus sexy que j'aie jamais vue.

Elle le regarda en plissant le front, l'air sérieux.

— Tu n'es pas obligé de me dire ce genre de chose.

— Je ne me sens pas obligé de le dire…

Ses maîtresses habituelles étaient si sûres d'elles que tout compliment était superflu. Avec Maggie, il disait ce qu'il pensait.

Elle paraissait si timide…

Un doute le traversa, qu'il repoussa aussitôt. De nos jours, et à son âge, aucune femme ne pouvait être innocente à ce point. Celle-ci était un peu sauvage et ignorait tout de la sophistication, c'est tout. Son innocence n'était qu'apparente.

Maggie regarda celui qui allait devenir son premier amant. L'espace d'une seconde, elle se demanda s'il soupçonnait qu'elle n'avait aucune expérience en matière de sexe.

Si elle voulait lui dire qu'elle était vierge, c'était le moment où jamais.

Mais elle savait ce qui s'ensuivrait. Il la dévisagerait avec stupéfaction, puis avec mépris, et il la rejetterait. Et, cela, elle ne le supporterait pas.

Avec un peu de chance, il ne s'apercevrait de rien.

— Je veux aller jusqu'au bout, Nikos. Avec toi…

Le regard mordoré s'assombrit. Nikos repoussa son chemisier sur ses épaules, le fit glisser sur ses bras avant de le laisser choir sur le tapis. Maggie se débarrassa de ses chaussures sans se donner la peine de les délacer, déboutonna son pantalon et le fit descendre sur ses jambes, puis le repoussa du bout du pied.

Lentement, Nikos promena le regard sur son corps presque nu. À en juger par l'éclat de ses yeux, ce qu'il voyait lui plaisait. De son côté, Maggie était impatiente de sentir sur sa peau les grandes mains chaudes. La bouche ferme, la langue experte…

Le désir qui la dévorait était si intense, si puissant, qu'elle serra les poings pour tenter de le contenir.

En quelques gestes rapides, Nikos acheva de se déshabiller et fut bientôt entièrement nu devant elle.

Elle baissa les yeux en retenant son souffle.

— Caresse-moi, Maggie.

Le caresser…

Eh bien, quoi ? Elle n'allait tout de même pas renoncer maintenant ?

Doucement, Maggie tendit la main et effleura la superbe érection. Une plainte rauque accueillit son geste. Tout reste de timidité s'envola d'un coup. Lorsqu'elle referma les doigts autour du membre chaud et ferme, Nikos lui prit le poignet.

— Nous ne sommes pas tout à fait à égalité…, dit-il d'une voix rauque.

Maggie leva les yeux vers lui. Il posa les mains sur ses épaules et la fit pivoter, puis dégrafa son soutien-gorge qui tomba à son tour sur le tapis. Sa culotte le rejoignit l'instant d'après.

Respirer devenait difficile. Elle fut prise d'un vertige. Personne ne l'avait jamais vue ainsi, entièrement nue. Même pas sa mère.

— Retourne-toi, Maggie.

Lentement, elle s'exécuta, les yeux baissés. Nikos murmura quelque chose en grec avant de refermer sa main sur un sein. Du bout du pouce, il en caressa l'aréole qui durcit aussitôt.

Le plaisir qui se répandait en elle était d'une intensité presque insoutenable. Des sensations fabuleuses se déployaient dans les moindres cellules de son corps.

Maggie leva les yeux. Nikos avait les paupières mi-closes, les traits tendus. Presque comme s'il souffrait.

Quand il écarta la main de son sein, elle retint la protestation qui lui montait aux lèvres. Nikos la souleva dans ses bras et l'allongea sur le lit immense, puis s'étendit à côté d'elle et reprit sa bouche. Tout en l'embrassant avec passion, il entreprit d'explorer son corps… Sa bouche gourmande descendit sur son menton, son cou, sa gorge, puis se referma sur un mamelon sensible avant de l'aspirer goulûment, Maggie creusa les reins d'instinct en laissant échapper un halètement. Quittant son sein, Nikos se concentra sur l'autre tandis qu'elle enfouissait les doigts dans ses cheveux épais. Il semblait prendre un plaisir extrême à lécher la pointe gorgée de plaisir, à la titiller, la cajoler des lèvres, de la langue. Il lui caressait les seins avec un savoir-faire redoutable, la faisant gémir.

Lorsqu'il descendit plus bas, elle se mit à haleter sans retenue. Jamais elle ne s'était sentie aussi exposée, à la merci de quelqu'un. Pourtant, elle ne ressentait aucune gêne. Seulement de l'émerveillement.

Nikos leva les yeux vers elle et la regarda, ses pupilles étincelant d'un éclat farouche. Puis il pencha la tête et l'embrassa… là, à l'endroit le plus intime de son corps.

Cette fois, elle s'agrippa aux draps. Son amant faisait preuve d'un talent, d'un raffinement exquis. Le plaisir devint bientôt si intense qu'elle voulut resserrer les cuisses, mais il l'en empêcha et lui posa la main sur le ventre, comme pour la rassurer, l'apaiser. En même temps qu'il continuait à la fouiller avec sa langue.

Des sensations inconnues se mirent à tournoyer en elle et, soudain, Maggie se sentit soulevée à des hauteurs insoupçonnées, avant d'être emportée par une vague immense qui la fit basculer dans l'extase.

Elle vit Nikos se redresser au-dessus d'elle et mettre un préservatif, ce qui décupla son désir.

Instinctivement, elle se cambrait pour l'accueillir. Il la regarda à nouveau, glissa un bras sous son dos et lui souleva les hanches en même temps qu'il la pénétrait d'un vigoureux coup de reins.

Maggie laissa échapper un petit cri et resserra les bras autour du torse musclé en essayant de s'habituer à la présence du membre puissant en elle.

Quant à Nikos, il s'était immobilisé et la dévisageait en étrécissant les yeux, l'air choqué.

— Maggie… Tu es… ?

— Ne t'arrête pas…, murmura-t-elle à la hâte en refermant les jambes autour des hanches étroites.

Elle ne voulait pas qu'il la repousse, ni qu'il exprime sa pensée à voix haute. La petite douleur disparaissait, le membre viril pulsait en elle. Lorsque Nikos se remit à bouger, Maggie retint un cri de soulagement. Et quand il instaura un enivrant va-et-vient, elle s'accorda spontanément à son rythme. Leurs corps ondulaient ensemble, au diapason.

Petit à petit, son merveilleux amant accéléra la cadence, s'enfonçant plus profondément à chaque nouveau coup de reins. Elle s'accrocha à ses solides épaules tandis que la marée l'emportait de nouveau, de plus en plus haut, dans un tourbillon de volupté. Son corps s'arc-bouta, puis tout explosa en elle, dans un kaléidoscope de couleurs et de sensations fulgurantes.

Nikos sentit les spasmes agiter tout son corps tandis qu'il connaissait la jouissance la plus extraordinaire, la plus fabuleuse de toute sa vie.

De son côté, Maggie fut emportée par un orgasme d'une telle intensité qu'elle ne se rendit même pas compte qu'il l'avait suivie dans l'extase.

Durant quelques instants, il resta immobile, ébranlé par les sensations inconnues qui continuaient de frémir en lui. Mais cela n'effaçait en rien la réalité qui s'était imposée à lui avant que le désir n'oblitère toute lucidité, toute prudence.

Il était son premier amant.

3.

Maggie resta étendue sur le lit, inerte. Ce qu'elle venait de vivre dépassait de loin tout ce qu'elle avait pu imaginer. Jamais elle n'aurait soupçonné qu'une telle volupté, une telle jouissance fût possible.

Entendant la porte de la salle de bains se rouvrir, elle remonta le drap sur son corps nu. Nikos apparut, une serviette nouée autour des hanches. Il était si beau, si viril, que le regarder lui faisait presque mal.

Et cet homme superbe l'avait désirée…

— Pourquoi ne m'as-tu pas dit que tu étais vierge ?

Il s'en était rendu compte. Évidemment.

Maggie sentit son cœur sombrer dans sa poitrine. Elle regarda son merveilleux amant en silence, encore trop bouleversée par ce qui venait de se passer. Tout s'était enchaîné si vite… Il y avait un tel écart entre le moment où le propriétaire de Kildare House – et son employeur - avait débarqué sans s'être annoncé et l'étreinte passionnée qu'ils venaient de vivre…

Elle s'était complètement abandonnée dans les bras d'un homme qu'elle venait à peine de rencontrer ! Il n'avait même pas eu à la toucher pour la séduire. À présent, elle avait honte de son propre comportement.

D'autant que Nikos n'avait plus rien d'un séducteur et la dévisageait désormais d'un air franchement glacial. Réprobateur.

Un frisson la parcourut tout entière.

— Je…

— Oui ? dit-il avec impatience.

La proximité du corps musclé et viril la troublait malgré elle. La vue de la belle peau mate qu'elle avait caressée, embrassée…

— Tu veux bien te rhabiller, s'il te plaît ? demanda-t-elle.

Pour toute réponse, il poussa une exclamation agacée dans une langue particulièrement sonore et incompréhensible. Mais il alla néanmoins ramasser son pantalon et le renfila d'un geste rapide, avant de revenir vers le lit.

— Alors ?

Impossible de se dérober, maintenant.

— Je…

Le voyant froncer les sourcils d'un air courroucé, Maggie enchaîna à la hâte :

— Je ne voulais pas que tu t'arrêtes.

— Ce n'est pas une réponse, bon sang ! Tu aurais dû me le dire ! Je croyais que tu avais de l'expérience. Initier une innocente aux plaisirs du sexe, ce n'est vraiment pas mon genre !

Vu ce qu'ils venaient de vivre, elle ne partageait pas du tout son avis. D'autre part, offrir sa virginité à un autre que Nikos lui paraissait inconcevable.

Cependant, il était l'opposé de ce qu'elle recherchait chez un homme. Elle s'était raconté des histoires pour justifier son abandon insensé. Cet homme appartenait à la même espèce que son père, mais cela ne l'avait pas empêchée de se jeter littéralement dans ses bras.

— Tu peux me passer un peignoir, s'il te plaît ? demanda-t-elle, le plus posément possible.

Nikos la regarda un long moment, partagé entre colère et désir. La magnifique chevelure auréolait son visage aux traits bien dessinés. Ses lèvres pulpeuses étaient gonflées.

Ses yeux avaient pris une nuance turquoise et paraissaient encore plus grands, et il y voyait le reflet du conflit dont lui-même était la proie. Mais il y décelait autre chose. Un trouble profond, mêlé d'incrédulité.

À vrai dire, Nikos n'arrivait pas non plus à comprendre ce qui venait de se passer. Cela faisait si longtemps qu'il n'avait pas connu un tel érotisme. Peut-être était-ce même la première fois qu'il vivait une expérience aussi intense.

Il se passa la main dans les cheveux en laissant échapper un soupir irrité, alla chercher un peignoir dans la salle de bains et le lui tendit.

Nikos aperçut un sein épanoui et cela suffit à raviver le désir qui rugit en lui. Agacé, il retint un juron tandis que Maggie serrait la ceinture du peignoir et se levait. Ses jambes tremblaient légèrement, remarqua-t-il. Les siennes ne valaient pas beaucoup mieux.

— Comment peut-on être encore vierge à votre âge ?

Elle haussa imperceptiblement les épaules.

— Je n'avais jamais rencontré quelqu'un qui m'ait donné envie de…

Les joues en feu, elle s'interrompit et se mordit la lèvre. Ce qui n'aida pas Nikos à se calmer. Au contraire.

— … de coucher avec lui ? acheva-t-il à sa place.

— Oui, dit-elle en le regardant.

À présent, il y avait une lueur de défi dans ses yeux bleus. De fierté, qui eut pour résultat d'embraser sa libido.

— C'était une erreur, poursuivit-elle.

Le rejet qu'il éprouva en entendant ces paroles le surprit par son intensité.

— Il est un peu tard pour les regrets, ma belle, répliqua-t-il en secouant la tête. Nous savions tous les deux ce que nous faisions…

Elle était vierge avant de se donner à lui, se rappela Nikos. Par conséquent, elle ne pouvait pas savoir vraiment ce qu'elle faisait.

La colère chassa aussitôt cette pensée.

— Tu aurais dû me dire que tu étais vierge, répéta-t-il.

— Oui, c'est vrai. Si je te l'avais dit, nous aurions peut-être repris nos esprits.

Comment lui-même aurait-il réagi ? Aurait-il eu la force de renoncer au désir qui le consumait ?

— Tu le penses vraiment ? demanda-t-il.

— Je m'en veux d'avoir couché avec un homme comme toi.

Cette fois, l'orgueil de Nikos en prit un coup. Aucune femme n'avait jamais émis de regrets après s'être donnée à lui. Il était plutôt habitué aux compliments…

— Un homme comme moi ? répéta-t-il en croisant les bras. Développe, s'il te plaît.

Elle aurait mieux fait de se taire…

— Un homme riche et privilégié. Qui croit que tout lui est dû. Et permis.

Maggie se savait partiellement injuste. Après s'être fait sa propre opinion et avoir tiré des leçons de l'expérience de sa mère, elle s'était crue immunisée contre les hommes comme Nikos Marchetti. Des individus cyniques. Rusés. Mais elle était tombée dans le panneau. Comme tant d'autres.

— Être riche et privilégié n'est pas toujours aussi génial qu'on le prétend, répliqua lentement Nikos. Tu n'as jamais lu les romans ou vu les films qui racontent l'histoire de pauvres gosses riches ?

Il y avait une pointe d'ironie dans sa voix grave, mais aussi une solennité qui mit Maggie mal à l'aise.

— Tu as raison, reconnut-elle. Je suis injuste. Mais tu… tu es arrivé sans prévenir, dans une maison que tu avais achetée sans même l'avoir visitée…

— Ce qui ne te regarde absolument pas.

En effet. Elle serra les lèvres, craignant un nouveau faux pas.

— La vérité, commença-t-il en se rapprochant d'elle, c'est

que, même si tu m'avais dit que tu étais vierge, je ne sais pas si j'aurais pu résister à la tentation. Dois-je comprendre que tu es plus forte ? Que, si tu avais eu un moment de répit et le temps de réfléchir, tu aurais changé d'avis ?

Envoûtée, Maggie contempla les yeux mordorés. Qui espérait-elle tromper ? Elle avait eu la possibilité de réfléchir et avait *choisi* de se donner à lui.

Mais elle se sentait incapable de l'avouer à voix haute, aussi se contenta-t-elle de secouer la tête.

— Aucun de nous deux n'était préparé à une telle attirance, Maggie. Ce qui s'est passé était réciproque, et je n'en regrette pas un seul instant. Les regrets, c'est pour les perdants. Assume tes désirs, Maggie. On ne peut pas revenir en arrière, seulement avancer.

— Avancer…

Il hocha la tête, tendit les bras et l'attira contre lui sans qu'elle tente de lui résister.

— Je propose d'explorer le désir que nous ressentons l'un pour l'autre. À moins que, de ton côté, tu souhaites en rester là ?

Une délicieuse chaleur se répandit entre ses cuisses, lui faisant oublier tous ses doutes, toutes ses réticences.

Voulait-elle en rester là ?

— Non…

Nikos posa les mains sur la ceinture du peignoir et la dénoua, tout en regardant Maggie. Comme pour s'assurer qu'elle était bien consentante.

Elle l'était, à cent pour cent. Elle voulait vivre ces instants à fond. Peu importait qu'il s'agisse d'une aventure sans lendemain.

Quand il écarta les pans du peignoir et contempla son corps nu, Maggie fit descendre la fermeture Éclair du pantalon noir.

Nus tous les deux, ils se dévisagèrent en silence, jusqu'à ce que Nikos la pousse doucement vers le lit. Leurs corps se mêlèrent aussitôt, impatients de se retrouver.

Il glissa la main dans ses cheveux et lui renversa la tête en arrière.

— Ne te complique pas la vie, Maggie, dit-il avec un sourire follement sexy. Je suis irrésistible…

Peut-être aurait-elle dû s'indigner d'une telle arrogance et le lui manifester, mais sa bouche gourmande prenait déjà possession de la sienne et sa main se refermait sur son sein, annihilant toute protestation.

Lorsque, quelques heures plus tard, l'aube commença à poindre, Maggie baignait dans une douce torpeur. La tête appuyée sur la poitrine de Nikos, elle se sentait comblée et épuisée. Le cœur de son amant battait sous sa joue, à un rythme régulier.

À quoi pensait-il ? ne put-elle s'empêcher de se demander. Que ferait-il quand il s'en irait ? À quoi ressemblait sa vie ?

— Ça va ? demanda-t-il tout à coup.

Maggie tressaillit et se traita d'idiote. Puis elle se redressa légèrement et hocha la tête, mais Nikos la regarda en plissant le front.

— Il faut que tu saches qu'il n'y aura pas d'après, Maggie.

Avait-il vraiment le don de lire dans ses pensées ? s'interrogea-t-elle, suffoquée.

— Les relations à long terme, ce n'est pas mon truc, poursuivit-il. Je n'ai pas l'intention de me caser, ni de fonder une famille. Les histoires d'amour ne m'intéressent pas. Cela n'existe pas. Pas pour moi, en tout cas.

Ses paroles lui firent l'effet d'une douche froide. Elle voulait lui demander pourquoi, mais comprit d'instinct que c'était une mauvaise idée. En fait, Nikos lui disait ce qu'elle avait besoin d'entendre : il n'était pas son type d'homme. Elle n'avait rien à faire avec lui.

Pourtant, elle avait été irrésistiblement attirée par sa

beauté, son charisme. Alors qu'elle s'était juré de ne jamais frayer avec ce genre d'individu.

Cela signifiait-il qu'elle était comme sa mère ?

— Ne t'inquiète pas, dit Maggie, le plus légèrement possible. Je ne me fais aucune illusion. De toute façon, je ne me vois vraiment pas m'engager dans une liaison à long terme avec un homme comme toi.

Nikos sentit une petite flèche lui transpercer la poitrine. Il n'était tout de même pas blessé ?

— Ah bon ? dit-il d'un ton détaché.

— Absolument !

— Je vois…, murmura-t-il en la renversant sur le dos. Et je peux savoir quel type d'homme serait susceptible de te convenir à long terme ?

Il pressa son érection contre l'orée de son sexe offert.

— Je ne sais pas…, répondit-elle dans un souffle. Un homme doux. Respectueux. Attentionné. Digne de confiance.

— Le prince barbant, quoi…

Soulevant une cuisse fuselée, il serra Maggie contre lui en s'efforçant de refréner l'ardeur de sa libido.

— Récapitulons, poursuivit-il, la voix rauque. Plus tard, tu t'offriras le partenaire le plus rasoir que tu voudras, mais dans l'immédiat…

Sur ces paroles, il la pénétra d'un coup de reins puissant tandis qu'elle soulevait les hanches pour mieux l'accueillir en elle.

Cette femme était dangereuse, songea fugacement Nikos. Avec elle, il s'égarait hors de sa zone de confort habituelle. Mais toute pensée cohérente s'envola bientôt, au fur et à mesure qu'il accélérait le rythme et que la jouissance les emportait à nouveau tous les deux à l'unisson.

Lorsque Maggie se réveilla, le soleil inondait la pièce.

Désorientée, elle regarda autour d'elle, et tout lui revint d'un coup. Elle se trouvait dans la chambre du maître des lieux. Dans son lit. Elle avait couché avec Nikos Marchetti, son employeur.

Le silence régnait alentour. Dans toute la maison.

S'appuyant sur un coude, elle ressentit des sensations étranges, proches des courbatures, à des endroits qui, d'habitude, étaient complètement insensibles. Puis elle aperçut le peignoir étalé sur le pied du lit, le prit et l'enfila. Les vêtements de Nikos avaient disparu.

La salle de bains était vide.

Quittant la chambre, elle s'avança dans le couloir et descendit à la cuisine, elle aussi déserte. Comme le bureau et le salon.

Il était parti.

Au moment où elle traversait le grand hall, Maggie aperçut une enveloppe couleur ivoire appuyée contre la statuette en ébène qui trônait sur un guéridon.

Son prénom était inscrit dessus, à l'encre noire et en grands caractères racés.

Elle l'ouvrit, les mains tremblantes.

Merci pour cette nuit délicieuse.

Excuse-moi encore de ne pas avoir prévenu de mon arrivée. Cela n'arrivera plus.

Souviens-toi – pas de regrets.

En cas de besoin, adresse-toi à mes assistants.

Nikos.

Un froid glacial l'envahit.

Adresse-toi à mes assistants. Il aurait pu au moins lui laisser un numéro de portable !

Mais à quoi s'était-elle attendue ? Il avait été très clair, non ? Et elle avait accepté ses conditions.

Maggie remit la carte dans l'enveloppe. Oui, elle les avait

acceptées en toute connaissance de cause. Alors elle n'aurait pas dû éprouver cette… déchirure.

Elle savait à quoi s'attendre, ne serait-ce qu'à cause de ce qu'elle avait vécu, de son histoire. Elle avait appris à être prudente. Mais Nikos avait balayé toutes ses idées préconçues.

Sans réfléchir, elle se dirigea vers le bureau, alluma l'ordinateur et entra le nom de Nikos dans un moteur de recherche. Toutes sortes d'informations surgirent aussitôt. Transactions brillamment réussies, acquisition récente d'un nouveau casino à Monte-Carlo… Allusions à sa réputation de play-boy…

Mais ce qui retint surtout l'attention de Maggie, c'étaient les photos où l'on voyait Nikos en compagnie de femmes éblouissantes.

La nausée lui monta aux lèvres à la pensée de la facilité avec laquelle il l'avait séduite.

L'avait-elle attiré parce qu'elle n'était pas sophistiquée, comme ses habituelles conquêtes ?

Peu importait. Elle n'aurait dû éprouver aucune souffrance en voyant ces photos. D'autre part, le style de vie de la jet-set ne l'impressionnait pas, ni ne la tentait. Par conséquent, elle aurait dû se sentir plus légère et heureuse de s'être débarrassée de sa virginité avec un don Juan tel que lui !

Le hic, c'était que Maggie avait l'horrible pressentiment qu'après lui aucun autre homme ne serait jamais à la hauteur.

Les paroles de Nikos résonnèrent dans son esprit.

« Les relations à long terme, ce n'est pas mon truc. Les histoires d'amour ne m'intéressent pas. Cela n'existe pas. Pas pour moi, en tout cas. »

4.

Un an plus tard

La voiture roulait sur les petites routes de campagne bordées de hêtres dont les branches se détachaient sur le ciel mauve. L'odeur des champs imprégnait l'atmosphère.

Comme la première fois.

Sauf que Maggie n'était plus là.

Un frisson traversa Nikos. Elle avait donné sa démission deux semaines après la nuit qu'ils avaient passée ensemble.

En dépit de ses efforts pour l'oublier, il restait hanté par les souvenirs des instants partagés avec elle. Ils demeuraient même si vivaces, si évocateurs, qu'ils l'empêchaient de s'intéresser à une autre femme. Alors qu'avant Maggie aucune de ses maîtresses n'avait laissé la moindre trace dans sa mémoire. Ce constat avait tellement surpris et irrité Nikos qu'il avait même cherché à savoir ce qu'elle était devenue.

Sans résultat. Elle avait disparu sans laisser de coordonnées à ses assistants.

Cela ne lui était jamais arrivé. Il n'était pas arrogant au point de se croire inoubliable, mais sa fortune et sa réputation faisaient de lui une cible de choix, et ses conquêtes cherchaient plutôt à rester en contact avec lui…

Maggie était différente de toutes les autres. À tout point de vue. Vierge. L'esprit vif. Hardie. Passionnée. Incroyablement réactive…

Installé à l'arrière du véhicule, Nikos laissa échapper un juron.

— C'est encore loin ? demanda-t-il d'un ton brusque au chauffeur.

Leurs yeux se croisèrent dans le rétroviseur.

— Nous sommes presque arrivés, monsieur Marchetti.

Se rendant compte qu'il tambourinait sur sa cuisse, il se força à se détendre. Il détestait cette habitude et n'y cédait que lorsqu'il était seul, de crainte que l'on puisse interpréter ce tic nerveux comme une faiblesse.

Il était revenu dans la région uniquement parce qu'il avait accepté l'invitation d'un ami qui organisait une fête dans sa propriété située non loin de Kildare House. C'était d'ailleurs ce même ami qui l'avait encouragé à l'acheter et lui avait conseillé d'investir dans les chevaux de course. Conseil qu'il n'avait jamais suivi.

Lorsque la voiture franchit enfin les hautes grilles en fer forgé, Nikos se promit de mettre cette propriété en vente dès son retour à Paris. C'était ridicule de la garder. Il aurait dû s'en débarrasser depuis longtemps.

Le chauffeur s'arrêta au pied des marches conduisant à la porte principale. Nikos descendit aussitôt du véhicule et sortit lui-même son sac de voyage du coffre.

Il souleva le heurtoir et le laissa retomber en retenant son souffle…

La porte s'ouvrit. La déception qu'il ne put refouler exacerba son impression d'avoir les nerfs à vif. La personne qui lui faisait face n'aurait pu être plus différente de Maggie Taggart. Pour commencer, il n'avait plus une gouvernante mais un majordome. Âgé d'une cinquantaine d'années.

— Bienvenue, monsieur Marchetti. Je suis ravi de vous accueillir à Kildare House.

Quelle différence avec l'accueil reçu l'an passé, quand il avait dû prouver son identité…

— Merci, monsieur… Wilson, c'est bien cela ?

— Tout à fait. Laissez-moi vous débarrasser, dit le majordome en baissant les yeux sur le sac de voyage. Je vous ai préparé du café et une collation, dans le salon. Je vous y…

— Je connais le chemin, l'interrompit Nikos en traversant le hall à grands pas.

Il entra dans le salon et se dirigea droit vers les rayonnages de livres. Ceux de Maggie avaient disparu. Un tressaillement lui parcourut la nuque. Avait-il tout rêvé ? L'avait-il rêvée, elle ? Sa mémoire lui jouait-elle des tours ?

— Désirez-vous autre chose, monsieur ?

— Préparez mon smoking pour ce soir, s'il vous plaît, répondit-il en se retournant. Et prévenez mon chauffeur que nous partirons dans une heure.

— Très bien, monsieur.

Le café l'attendait sur le plateau posé sur la table, mais Nikos avait besoin de quelque chose de plus fort pour l'aider à éliminer les souvenirs qui continuaient de l'assaillir. Il lui fallait en outre une femme capable de chasser définitivement Maggie de ses pensées, et de son corps. Ce soir, chez les Barbier, il s'en trouverait bien une capable de réveiller sa libido…

Un sourire aimable aux lèvres, Maggie passait parmi les nombreux invités avec son plateau d'amuse-gueules qu'elle avait contribué, en grande partie, à préparer.

L'atmosphère festive avait quelque chose de magique. Les Barbier avaient organisé une garden-party de fin d'été pour fêter les récents succès remportés par leur étalon, la fierté de leur écurie de course. Éclairé par des centaines de bougies et de guirlandes électriques courant d'arbre en arbre, le jardin fourmillait d'hommes en smoking et de femmes en robe de soirée qui chatoyaient sous la canopée lumineuse.

Maggie aperçut les hôtes de loin, Luc Barbier et sa femme

Nessa, qui, jusqu'à la naissance de ses enfants, avait été jockey et avait remporté plusieurs courses prestigieuses.

Son cœur se serra d'émotion. Ils avaient été si bons pour elle, lui proposant un emploi, et ensuite, lorsqu'elle…

Ses pensées volèrent en éclats lorsqu'elle aperçut une haute silhouette sombre qui descendait les quelques marches avant d'être accueillie par Luc et Nessa. Le nouvel arrivant était presque aussi grand que Luc.

Non, ce ne pouvait pas être lui.

Elle s'arrêta si brusquement qu'un autre serveur se heurta à elle.

— Fais attention, Maggie !

Elle bredouilla des excuses en regardant un couple choisir des canapés sur son plateau. Non, c'était impossible. Elle avait dû être victime d'une hallucination. Elle ferma les yeux, les rouvrit. Il était toujours là et riait, la tête rejetée en arrière, en réaction à ce que venait de dire Luc.

Les femmes tournèrent la tête dans leur direction sans dissimuler leur convoitise. Pas étonnant. Grands tous les deux et dotés d'un charisme viril et ténébreux, ils étaient de loin les hommes les plus séduisants de l'assemblée. Mais Maggie n'avait d'yeux que pour l'un des deux…

Des souvenirs torrides se mirent à défiler dans son esprit.

— Maggie ? Tu vas bien ? Laisse-moi faire, tu as les mains qui tremblent.

Le cœur battant à tout rompre, Maggie détourna les yeux de Nikos qui s'était éloigné de Luc et se trouvait maintenant à quelques pas. Elle ne s'était même pas rendu compte que Nessa s'était arrêtée devant elle et posait son plateau sur la table la plus proche.

— Tu es livide, Maggie. Tu te sens bien ?

Elle voulut lui répondre, mais aucun son ne franchit ses lèvres. Le choc était trop énorme, trop violent…

— Maggie ? insista Nessa en plissant le front. Que se passe-t-il ?

— Je… Il faut que je retourne à la cuisine. Je dois…

Elle disait n'importe quoi, et Nessa devait bien s'en rendre compte.

Avant qu'elle ait pu atteindre les marches, une voix douloureusement familière s'exclama, incrédule :

— Maggie ?

La peur se déploya dans son ventre, mêlée de colère. Faisant volte-face, Maggie se retrouva nez à nez avec l'homme qu'elle s'était efforcée en vain d'oublier.

— Monsieur Marchetti, quelle surprise ! dit-elle au prix d'un immense effort.

— Qu'est-ce que tu fais ici ? répliqua-t-il, manifestement aussi choqué qu'elle-même.

— Je travaille ici.

— Vous vous connaissez ? intervint Nessa, l'air intrigué. Tu n'avais pas dit qu'il n'était jamais venu à Kildare House ?

Maggie tressaillit. Elle n'avait pas expressément dit cela mais elle s'était abstenue de faire allusion à la visite de Nikos, un an plus tôt.

— Je suis passé brièvement là-bas l'an dernier, dit-il.

— Et tu ne nous avais même pas prévenus ? s'exclama Nessa en haussant les sourcils.

Pressée de s'éclipser, Maggie recula d'un pas.

— Si vous voulez bien m'excuser…

Sans attendre leur réaction, elle se détourna et partit presque en courant vers la maison. Mais, au moment où elle se rapprochait de la porte de service, une main saisit la sienne, ferme et chaude.

— Hé, attends une seconde…

Maggie s'immobilisa, le cœur battant la chamade. Puis elle dégagea sa main et leva les yeux vers Nikos. Il était encore plus imposant que dans son souvenir et la dominait de toute sa hauteur.

— Je n'arrive pas à le croire, dit-il en secouant la tête.

— C'est bien réel, pourtant, répliqua-t-elle en redressant le menton. Vous vouliez quelque chose, monsieur Marchetti ?

De l'électricité crépitait entre eux. L'air paraissait plus dense, plus épais.

— Monsieur Marchetti ? répéta-t-il avec une petite moue moqueuse. Après ce que nous…

— Écoute, l'interrompit Maggie à la hâte. Je travaille. Alors il faut absolument que je retourne à la…

— Ils n'ont pas besoin de toi, tu le sais très bien, coupa Nikos, la voix dure. Réponds-moi, Maggie : pourquoi as-tu donné ta démission, l'an dernier ? À cause de ce qui s'était passé entre nous ?

Elle déglutit. Après avoir erré dans la maison comme une âme en peine pendant deux semaines, elle s'était enfin décidée à regarder la réalité en face. Nikos Marchetti n'avait que faire d'elle. Pour lui, ce qu'ils avaient partagé n'avait été qu'une passade.

Soudain, Maggie l'avait imaginé revenant un beau jour à Kildare House, accompagné d'une femme. Elle s'était alors sentie presque mal et avait compris qu'elle ne pourrait pas le supporter. Elle avait donné sa démission le jour même.

— Je n'ai jamais eu l'intention de rester là-bas. J'avais seulement pris la relève après la mort de ma mère. J'avais plus d'ambition que cela.

Un éclat doré traversa les yeux de Nikos.

— Ah… Parce que te faire embaucher dans la propriété voisine et servir des petits fours chez les Barbier, c'est plus gratifiant ?

Maggie sentit la colère fuser en elle et s'en réjouit. C'était mieux que ce désir absurde de se jeter dans les bras de Nikos et de lui offrir ses lèvres !

— Je ne fais pas que servir des petits fours. Je les confectionne aussi.

Nikos se rapprocha d'un pas. Elle s'interdit de reculer.

— Tu aurais très bien pu rester à Kildare House. Personne ne t'en aurait chassée.

— Je n'avais jamais envisagé d'y rester, répéta-t-elle.

— En fait, c'est peut-être mieux que tu sois partie, répliqua-t-il en inclinant légèrement la tête.

Ses idées s'embrouillèrent. Maggie retint son souffle, fascinée malgré elle par la belle bouche sensuelle.

— Pourquoi ?

— Maintenant que je ne suis plus ton employeur, il n'y a plus de problème.

Elle se força à détacher les yeux de la bouche tentatrice.

— Pourquoi y aurait-il un problème ?

— Parce que, quand nous…

Nikos était si proche qu'elle voyait les pépites scintiller dans ses yeux. Il avait les cheveux un peu plus courts que l'an passé. Maggie résista au désir de lever la main pour caresser sa barbe de deux jours, retrouver la sensation légèrement rugueuse…

Il leva le bras et attrapa une mèche échappée de son chignon.

— Je n'arrive pas à croire que tu sois là, en face de moi, dit-il. Tu m'empêches de vivre depuis un an, Maggie.

— Pardon ? fit-elle, stupéfaite.

Il la prit par les bras et l'attira à lui.

— Tu m'obsèdes, tu me hantes, mentalement et physiquement. Tant que je ne t'aurai pas possédée encore une fois, je ne pourrai pas me débarrasser de toi.

— Me… posséder ? balbutia Maggie.

C'était trop incroyable. Trop absurde.

— Je n'avais jamais désiré une femme avec autant de force, dit-il en secouant la tête. Tu es la seule. Et mon désir n'a pas diminué d'un iota. Nous n'en avons pas terminé l'un avec l'autre, Maggie…

Elle le dévisagea en silence, trop choquée pour pouvoir prononcer un mot. Cet homme l'avait quittée un an plus tôt alors qu'elle dormait dans son lit, lui laissant en tout et pour tout un mot succinct dans lequel il lui enjoignait de ne pas avoir de regrets et lui disait de prendre contact avec ses assistants en cas de besoin.

Les émotions se bousculaient en elle. Principalement de l'indignation. Mais les effluves épicés l'enveloppaient, ravivant des souvenirs brûlants.

Le visage de Nikos se rapprocha du sien. Sa bouche couvrit la sienne.

Lui aussi l'avait hantée…

Une divine chaleur se répandit dans ses veines, et elle répondit à son baiser tandis que le plaisir l'inondait tout entière.

Elle s'agrippa à la veste de Nikos pour l'attirer vers elle, ou peut-être plutôt pour ne pas perdre l'équilibre. Elle voulait que ce baiser ne s'arrête jamais. Le désir la consumait, presque insoutenable.

Quand il bascula légèrement les hanches en avant, elle sentit la force de son érection, et une chaleur intense envahit son ventre.

Comment avait-elle pu se passer de cela ? De lui ?

Comment avait-elle pu supporter son absence ?

La main qui lui caressait la hanche remonta sur sa taille, se referma sur son sein, en titilla la pointe à travers l'étoffe. Maggie gémit contre les lèvres de Nikos. Sa chair le réclamait, encore plus sensible maintenant qu'elle…

Elle écarta brusquement le visage du sien, la réalité du présent anéantissant d'un coup les leurres du passé.

— Qu'est-ce que tu fais ? demanda-t-elle, la voix rauque.

— Tu veux dire : qu'est-ce que *nous* faisons ?

La lueur de triomphe mâle étincelant dans les yeux de Nikos la révolta. Elle se dégagea de son étreinte.

— Je n'en reviens pas ! Tu croyais vraiment reprendre là où nous en étions restés il y a un an ? Tu fais une fixation sur le personnel ?

— Tais-toi ! ordonna-t-il sèchement.

Le cœur de Maggie battait à un rythme fou.

— Je dois y aller, dit-elle en se détournant. Je n'ai pas de temps à perdre avec un play-boy qui…

— Tu veux bien cesser de…

— Maggie, tu es là ! Je t'ai cherchée partout !

Pétrifiée, elle regarda Sara s'avancer vers elle avec Daniel qui s'agitait dans ses bras.

Tout le reste disparut. Maggie s'avança, prit l'enfant et le serra contre elle.

— Il va bien ?

— Mais oui. Je crois qu'il a faim, c'est tout.

Elle sourit à la jeune femme originaire de Merkazad, la contrée du Moyen-Orient où vivait la famille de Nessa.

— Merci, Sara. Je vais m'occuper de lui. Tu veux bien aller dire à Nessa de ne plus compter sur moi ce soir, s'il te plaît ?

— Bien sûr. Pas de problème.

Apercevant soudain Nikos, Sara le regarda en écarquillant les yeux, évidemment, puis partit à la recherche de Nessa.

Lorsque Maggie se retourna vers lui, il contempla le bébé d'un air stupéfait et… horrifié. Il avait le nœud papillon de travers, les cheveux ébouriffés. Était-elle responsable de ce désordre ?

Quelle pauvre idiote ! Au lieu de lui dire ses quatre vérités, elle s'était jetée à son cou.

Soulevant son fils, Maggie l'appuya contre son épaule et lui tapota le dos.

— Je dois y aller, répéta-t-elle en se détournant. Il a faim.

— Tu peux attendre un instant, s'il te plaît ?

Nikos la devança et se retourna, lui bloquant le passage.

— Bon sang, Maggie ! Qui est cet enfant ?

— C'est mon fils. Daniel.

Il secoua la tête, l'air scandalisé.

— Si je comprends bien, il y a un homme dans ta vie ? Qui est-ce ?

Ça alors ! Il prétendait ne pas avoir été au courant de sa grossesse ! C'était un comble !

— Et alors ? Ne me dis pas que, de ton côté, tu t'es privé de coucher avec une ribambelle de femmes durant un an ? Et puis je n'ai pas de temps à perdre en bavardages stupides, alors laisse-moi passer, s'il te plaît.

Nikos s'écarta machinalement. Maggie passa à côté de lui, son bébé dans les bras. Il la suivit sans réfléchir, encore sous le choc.

Elle avait un enfant ! D'un autre homme. Avec qui elle avait couché aussitôt après lui. Forcément. Le calcul était vite fait… Ils avaient passé une nuit ensemble un an plus tôt, une grossesse durait neuf mois, en principe, et le bébé avait quelques mois à peine.

Une douleur sourde lui étreignait la poitrine, lui obscurcissait l'esprit. En plus, elle l'accusait d'avoir fait des conquêtes ! Si seulement cela avait été le cas !

Le bébé le regardait placidement par-dessus l'épaule de sa mère tandis qu'elle traversait l'immense cuisine puis montait quelques marches conduisant à la maison proprement dite.

Nikos lui emboîta le pas comme un automate, sans se préoccuper du personnel qui les regardait passer. Les sons lui parvenaient assourdis, déformés.

Soudain Maggie s'arrêta et se retourna vers lui.

— Pourquoi me suis-tu ?

Cette fois, il l'entendit distinctement et perçut la panique dans sa voix. Tout se figea en lui tandis qu'il regardait la tête du bébé qu'il voyait maintenant de dos. Il avait les cheveux châtains. Sa propre mère était blonde mais, son père étant brun, c'étaient ses gènes italiens qui l'avaient emporté. Bébé, Nikos avait déjà les cheveux foncés, à en juger par les rares photos prises de lui enfant.

Il regarda le visage de Maggie. Elle était blême. Un soupçon lui traversa l'esprit.

— Qui est le père, Maggie ?

— Je ne veux pas parler de cela ici.

Elle gravit à la hâte les marches conduisant au premier étage et entra dans une pièce. Nikos s'arrêta sur le seuil d'une vaste chambre. Un berceau était installé dans un coin.

Maggie se tourna vers lui, les yeux écarquillés. Elle ressemblait à une biche aux abois.

— Maggie, qui est le père ?

— Tu sais très bien que c'est toi, alors pourquoi me poses-tu la question comme si tu l'ignorais ?

Les mots demeurèrent en suspens. Il les avait entendus, mais pas vraiment assimilés.

— Je sais que c'est moi ? fit Nikos en fronçant les sourcils. Qu'est-ce que tu racontes ?

Le bébé raidit son petit dos et poussa un cri plaintif.

— Il a faim. C'est l'heure de sa tétée. Tu veux bien attendre dans le couloir ?

Comme il ne bougeait pas, elle ajouta :

— S'il te plaît ?

Plongé dans une sorte de stupeur, il la regarda s'avancer vers lui et recula. Elle lui referma la porte au nez.

Immobile dans le couloir, il l'entendit parler d'une voix douce et rassurante, l'imagina dénudant son sein… Le sein épanoui qu'il avait caressé quelques instants plus tôt.

Nikos s'éloigna de quelques pas, hébété. Puis il marcha jusqu'à l'extrémité du couloir, revint en sens inverse, un mot tournant en boucle dans son esprit : « père ».

Son rapport à la paternité était à la fois complexe et troublé. Son propre géniteur avait été quantité de choses, mais le mot « père » ne correspondait à aucune de ses qualités ou de ses défauts. Nikos ne savait même pas ce que c'était que d'avoir un père.

La révélation de Maggie - et ce qu'elle impliquait – lui apparut soudain dans toute sa clarté.

À supposer qu'elle n'ait pas menti.

Il revint se poster devant la porte fermée, entendit de

nouveau la voix douce et apaisante parler à ce bébé qui était peut-être son fils…

Et qu'avait-elle dit, déjà ? Qu'il savait que c'était lui le père ? Qu'est-ce que c'était que cette histoire ?

Nikos tourna les yeux vers l'escalier et entendit des rires, des bruits de verres montant du rez-de-chaussée, sur fond de musique de jazz. La bande-son de la majeure partie de sa vie, en quelque sorte. Curieusement, il ne ressentait aucun besoin d'y retourner. Il désirait rester avec Maggie et l'interroger sur ce qu'elle avait voulu dire tout à l'heure.

Les minutes passèrent, il fit les cent pas dans le couloir. Combien de temps durait une tétée ?

Quand il sentit qu'il était sur le point d'exploser, Nikos revint en sens inverse et leva la main pour frapper à la porte, lorsque celle-ci s'ouvrit sur Maggie, le visage affreusement pâle. Sans le bébé. Regardant par-dessus son épaule, Nikos l'aperçut, couché dans son berceau. L'éclairage était tamisé.

— Entre, dit-elle en s'effaçant pour le laisser passer.

Si seulement elle avait pu se dominer, être plus calme… Mais, après le choc causé par l'apparition de Nikos, il y avait eu ce baiser, puis l'arrivée de Sara. Il avait vu Daniel…

La mine sombre, Nikos s'avança dans la chambre, et Maggie lui fit signe de la suivre vers la porte conduisant à son petit salon. Quand il l'y eut rejointe, elle ferma la porte et le regarda arpenter la pièce comme un fauve en cage.

— Tu as pris tes livres avec toi, dit-il en s'arrêtant devant la bibliothèque.

Elle tressaillit, se rappelant le moment où ils avaient évoqué leurs lectures d'enfance.

— Oui. Ils m'accompagnent partout.

— Tu es partie de Kildare House parce que tu étais enceinte ? demanda-t-il en faisant volte-face.

Maggie secoua la tête.

— Je te l'ai dit : je n'ai jamais eu l'intention de rester là-bas.

Il la dévisagea un instant en silence.

— Comment as-tu atterri ici, alors ?

— J'avais rencontré Nessa Barbier auparavant, par hasard. Quand elle a appris que je partais de Kildare House, elle m'a proposé du travail pour me dépanner, en attendant que je trouve autre chose. Et, peu de temps après mon arrivée ici, j'ai… je me suis aperçue que j'étais enceinte. Elle a insisté pour que je reste. Ils ont une crèche sur place, pour les enfants du personnel, et Nessa a elle-même deux enfants. J'ai travaillé en cuisine comme assistante du chef et je ne me suis arrêtée que quelques semaines avant l'accouchement. À ce moment-là, elle m'a proposé de travailler à temps partiel après la naissance du bébé. Il y a toujours quelqu'un qui peut s'occuper de lui lorsque je suis occupée. Comme ce soir…

Nessa et son mari avaient été incroyables. Ils lui avaient apporté leur soutien inconditionnel dès l'instant où elle avait découvert qu'elle était enceinte. Alors que le père n'avait jamais cherché à la contacter, même après qu'elle…

— Tu dis que cet enfant est de moi ?

— Il s'appelle Daniel et, oui, il est de toi.

Comment pouvait-il croire qu'elle aurait pu se précipiter dans les bras d'un autre homme juste après ce qu'ils avaient partagé ?

— Je n'ai jamais envisagé d'avoir des enfants, dit Nikos.

— Eh bien, tu en as un, maintenant.

— Si tu es si certaine que c'est mon fils, pourquoi ne pas me l'avoir dit dès que tu as su que tu étais enceinte ?

L'affront toucha Maggie en plein cœur. Elle avait hésité longuement à le mettre au courant, surtout au vu de ce que sa propre mère avait vécu. Mais elle avait fini par penser qu'elle n'avait pas le droit de ne pas le dire à Nikos, même si elle ignorait comment il réagirait.

— Je suis allée au siège de Marchetti Group. J'avais même vérifié que tu étais bien à Londres.

— Je ne t'ai pas vue, répliqua-t-il en fronçant les sourcils.

— Non, en effet.

L'humiliation et l'amertume qu'elle avait ressenties ce jour-là la submergèrent de nouveau.

— Parce que je ne suis pas allée plus loin que le bureau de ta secrétaire.

— Quand était-ce ?

— En février. J'étais enceinte de six mois.

Nikos la regarda, l'air concentré.

— Tu te souviens du nom de la secrétaire ?

— Chantelle.

Jamais Maggie n'oublierait le sourire hypocrite de la jeune femme, son ton condescendant.

« Oh non ! s'était-elle exclamée en fixant ostensiblement le ventre de Maggie. M. Marchetti est bien trop occupé pour vous recevoir aujourd'hui, mais je peux lui transmettre un message, si vous voulez. »

— Elle m'a dit que tu étais trop occupé pour me recevoir alors je t'ai écrit un mot. Elle m'a assuré qu'elle te le remettrait sans faute.

— Elle n'en a rien fait.

— Pourtant, je t'ai vu avec elle, insista Maggie en plissant le front. J'ai attendu un moment dehors, devant vos bureaux, dans l'espoir de te voir sortir…

Elle s'interrompit, se souvenant de ce qu'elle avait ressenti en voyant apparaître Nikos en compagnie de la superbe blonde élancée, mince, élégante. Ils s'étaient engouffrés à l'arrière d'une voiture luxueuse qui avait démarré aussitôt avant de se fondre dans la circulation.

— Je n'ai jamais vu ce mot, affirma Nikos en secouant la tête. Elle ne me l'a pas transmis.

— Mais…, commença Maggie, désarçonnée.

Nikos se remit à faire les cent pas. Puis il s'arrêta et se passa nerveusement la main dans les cheveux.

— Je l'ai congédiée en février, sans doute peu après ta venue.

— Pourquoi ?

— Comportement inapproprié. Elle m'envoyait des sextos. Je ne suis pas surpris, en fait. Elle a dû soupçonner que nous avions eu une liaison et t'a écartée pour avoir le champ libre.

— Si on peut appeler une aventure d'une nuit une liaison, murmura Maggie.

Nikos ne l'entendit pas, ou bien il choisit d'ignorer sa remarque.

— Que m'écrivais-tu, dans ce mot ?

— Que j'étais enceinte de toi et que je souhaitais te parler.

Il la regarda un instant en silence.

— J'avais utilisé un préservatif. Chaque fois.

— Je sais, acquiesça Maggie en rougissant. Il y a sans doute eu un problème.

Un enfant... Ils avaient conçu un enfant ! Les répercussions de cette nouvelle étaient telles que, l'espace d'un instant, Nikos sentit la tête lui tourner.

— Tu aurais pu réessayer de me joindre... après la naissance du bébé.

— J'avoue que, depuis que Daniel est là, je suis un peu submergée...

Des ombres mauves soulignaient ses yeux. Et elle avait minci, tout en conservant ses courbes affolantes. En fait, elle était encore plus belle. Plus sensuelle.

Cependant, Nikos ne voulait pas être attiré par Maggie. Il ne voulait pas d'enfant. Ni maintenant ni jamais.

— Je n'ai pas réessayé parce que je croyais que mon message t'était parvenu et que tu ne voulais plus entendre parler de moi. Mais je ne regrette pas ce qui s'est passé. Je n'ai jamais regretté d'avoir Daniel, pas une seule seconde.

Même si je savais que, de ton côté, tu ne désirais pas avoir d'enfant.

Un frisson désagréable le traversa. Comme s'il ne supportait pas d'entendre Maggie exprimer tout haut ce qu'il pensait tout bas.

— Je dois d'abord m'assurer qu'il est bien mon fils, ensuite je prendrai les décisions appropriées, déclara-t-il avec froideur.

Elle le dévisagea, l'air terrifié, confirmant ainsi ce qu'il subodorait. Mais il tenait néanmoins à s'assurer que cet enfant était bien le sien.

— Nous procéderons à un test ADN le plut tôt possible, dit-il d'un ton neutre. Je te ferai signe.

Sur ses mots, il tourna les talons et s'en alla, en veillant malgré lui à ne pas faire de bruit pour ne pas réveiller le bébé.

5.

Maggie laissa échapper un soupir tremblant. Nikos était-il allé rejoindre les invités ? Sans doute. Cependant, quand il avait arpenté la chambre quelques instants plus tôt, il était sous le choc. Cela n'avait rien d'étonnant.

Il n'avait pas dit un mot concernant ses responsabilités paternelles, mais elle n'était pas surprise. Il s'était montré franc et brutal, répétant qu'il n'avait jamais voulu avoir d'enfant.

Ce qui chagrinait Maggie, c'était que Daniel connaisse le même sort qu'elle et grandisse sans père.

Le fait que Nikos n'ait jamais eu son message avait diminué la colère qui l'avait aidée à tenir ces derniers mois. À présent, elle n'éprouvait plus que de la déception – un sentiment aussi dangereux que malvenu.

Dès qu'il aurait la confirmation que Daniel était son fils, il repartirait à sa vie et à ses affaires sans plus se soucier d'eux. Et elle se dirait que c'était mieux ainsi, soulagée qu'il soit maintenant au courant.

Elle saurait se débrouiller. Ayant grandi elle-même sans père, elle ne serait pas prise au dépourvu. En revanche, si Nikos avait souhaité s'impliquer dans la vie de son fils, elle aurait été incapable de gérer la situation. Elle venait d'en avoir la preuve. Il suffisait qu'il s'approche d'elle pour que son cerveau cesse de fonctionner. Par conséquent, mieux valait que leurs chemins se séparent à nouveau.

De retour à Kildare House, Nikos prit la bouteille de whisky et un verre avant de s'installer sur le canapé du salon.

Vingt-quatre heures plus tôt, il vivait dans une bienheureuse ignorance. Jamais il n'aurait imaginé que la femme qui hantait ses rêves depuis un an était devenue mère. La mère de son enfant.

C'était si étrange de penser qu'il avait transmis les gènes de son père italien à ce bébé. Lui-même n'avait hérité que d'une chose de sa mère : ses yeux.

Domenico Marchetti, aussi sombre physiquement que moralement, avait dépouillé sa femme pour assouvir ses ambitions. Quand elle avait compris que le beau Domenico, aussi charmeur qu'impitoyable, l'avait épousée dans le seul but de mettre la main sur son héritage, elle s'était donné la mort. À l'époque, Nikos avait deux ans et, depuis ce jour, il ne comptait plus que sur lui-même.

C'était en partie à cause de son passé qu'il s'était juré de ne pas avoir d'enfant. Parce qu'il refusait catégoriquement de tenir le sort d'un petit être innocent entre ses mains.

Cependant, Nikos sentait une étrange résistance se développer en lui à la pensée que Daniel puisse ne pas être son fils. Il ne s'était pourtant jamais imaginé dans le rôle du père. Des trois demi-frères Marchetti, il était le moins susceptible de s'installer et de fonder une famille. Or, à en croire Maggie, il se retrouvait bel et bien en passe de devoir contempler l'avenir sous un jour complètement nouveau.

Si elle disait la vérité. Nikos avait trop d'expérience pour faire confiance à une femme avec laquelle il avait passé une seule nuit.

Avait-il été manipulé par une créature avide résolue à assurer son avenir ?

Il sortit son portable de sa poche et passa un coup de fil.

Quelques minutes plus tard, un bip retentit, annonçant l'arrivée d'un message. Il cliqua sur le lien envoyé par le chef de sa sécurité et découvrit des images de vidéosurveillance qui montraient Maggie, prises début février. On la voyait entrer dans l'immeuble abritant le siège de Marchetti Group, en jean et manteau, son ventre de femme enceinte bien visible, ses cheveux bouclant sur ses épaules.

Ainsi, elle n'avait pas menti en affirmant qu'elle était allée le voir. Un regret l'assaillit, celui de n'avoir pas vu son corps changer au fur et à mesure qu'avançait sa grossesse. Expérience que, pourtant, il n'aurait jamais imaginé vivre.

Nikos posa son téléphone sur la table basse et se versa un deuxième whisky. Mais, cette fois, l'alcool lui laissa un goût amer dans la bouche. Boire la bouteille entière ne l'aiderait pas à affronter ce qui l'attendait, pressentit-il en portant de nouveau son verre à ses lèvres.

Son fils serait donc un Marchetti, avec tout ce que cela impliquait. Et, même si la perspective d'avoir un enfant ne l'enchantait pas, loin de là, même s'il n'avait jamais envisagé d'avoir une descendance, Nikos était sûr d'une chose : son enfant ne subirait jamais ce que lui-même avait enduré. Il ne serait jamais abandonné. Ni ne vivrait avec l'impression constante d'être maintenu à l'écart de sa famille.

Lui et ses demi-frères avaient toujours été séparés. Sharif avait principalement grandi dans le pays de sa mère, mais en tant qu'aîné il avait été formé dès son plus jeune âge par leur père dans le but de prendre la relève. Le benjamin, Maks, avait été élevé à Rome par sa mère russe et avait une sœur. Nikos l'avait toujours envié d'avoir grandi dans le berceau de leurs ancêtres paternels.

La petite sœur de Maks n'était pas la fille de leur père, cela avait été prouvé. Mais peu importait, de toute façon – Nikos n'avait jamais eu l'occasion de la rencontrer…

Et puis, à quoi bon penser à ses frères et à celle qui n'était même pas sa sœur ? Si Daniel était bien son fils, il pourrait à son tour, et le moment venu, prétendre à l'héritage des Marchetti.

Pour la première fois de sa vie, Nikos eut le sentiment d'avoir un destin et d'appartenir à une famille.

Le jour suivant, Maggie se rendit à Kildare House où elle avait rendez-vous avec Nikos et le médecin local.

Quand elle vit la belle demeure apparaître à l'extrémité de l'allée, son cœur se serra. Elle avait toujours aimé cette maison, dès la première fois qu'elle y était venue. Elle s'y était sentie chez elle, même après la mort de sa mère.

Jusqu'à l'arrivée impromptue du ténébreux propriétaire des lieux. À partir de là, sa vie avait complètement basculé.

Elle tressaillit au souvenir des instants fabuleux partagés avec Nikos, avant de se ressaisir aussitôt. Elle était là pour le test ADN, point final, se répéta-t-elle en se garant.

Elle coupa le moteur, descendit de voiture, ouvrit la portière arrière et souleva le siège dans lequel somnolait Daniel. Quand elle gravit les marches, la porte s'ouvrit sur un homme souriant d'une cinquantaine d'années, élégamment vêtu d'un pantalon noir et d'une chemise blanche.

— Bonjour – mademoiselle Taggart, n'est-ce pas ? Ravi de faire votre connaissance, je suis Andrew Wilson, le nouveau majordome. Et ce petit bonhomme doit être Daniel ?

Sa gentillesse et sa bonne humeur étaient contagieuses, songea Maggie en voyant son fils sourire au majordome.

Au même instant, Nikos apparut derrière M. Wilson.

— Vous voudrez bien nous servir du thé et du café dans le salon, s'il vous plaît ? demanda-t-il au majordome qui acquiesça gracieusement.

Nikos s'avança vers elle.

— Laisse, je vais le porter.

Elle eut envie de refuser mais se ravisa. Lorsqu'elle lui tendit le siège, Maggie remarqua que Nikos s'abstenait de regarder Daniel de trop près. La mine sombre, il rentra dans la maison et traversa le hall en direction du salon.

— Où veux-tu que je l'installe ? Le médecin devrait arriver d'une minute à l'autre.

Il suffisait de regarder Daniel pour savoir qu'il était son fils, mais il lui fallait des preuves, bien sûr…

Le rejoignant, elle lui prit le siège des mains et le posa sur la table afin de pouvoir garder un œil sur Daniel. Puis elle regarda autour d'elle et fut assaillie par un flot de souvenirs si vivaces que les larmes lui montèrent aux yeux.

— Et ensuite ? demanda-t-elle.

— Nous attendrons les résultats. Une fois que nous les aurons, et s'il est bien de moi, nous discuterons des mesures à prendre.

— Daniel est ton fils.

— Je ne peux pas te croire sur parole. Les enjeux sont trop importants.

Comment avait-elle pu succomber au charme d'un homme pareil ! D'un type arrogant qui n'avait pas confiance en elle et exigeait un test ADN alors que la vérité crevait les yeux !

— C'est réciproque, répliqua-t-elle sèchement. Je n'ai pas confiance en toi non plus.

— Tu m'as pourtant fait suffisamment confiance pour me donner ton innocence, dit-il d'une voix onctueuse.

— J'ai cédé à un moment d'égarement, c'est la seule explication, riposta Maggie, les joues en feu.

— Il s'agissait d'alchimie, d'attirance réciproque. Ne me dis pas que tu attends toujours le prince barbant ?

À son grand soulagement, M. Wilson réapparut et fit entrer le médecin.

Après les salutations d'usage, Maggie souleva Daniel de son siège en évitant de regarder Nikos.

Ensuite, les prélèvements furent effectués en un clin d'œil, puis le médecin se leva, referma sa sacoche et annonça que les résultats seraient prêts dans quarante-huit heures.

— Je vous appelle, ajouta-t-il en les regardant tour à tour.

Nikos le raccompagna jusqu'à la porte tandis que Maggie

caressait machinalement le dos de Daniel. Tout allait changer, pressentit-elle avec un drôle de frisson.

Entendant Nikos revenir, elle se tourna vers lui et remarqua que, cette fois, il regardait Daniel.

Découvrir qu'il avait un fils devait le bouleverser lui aussi, réalisa-t-elle soudain.

— Je suis désolée que tu l'aies appris de cette façon, dit-elle spontanément. Mais j'ai vraiment essayé de te le dire.

— Je sais.

— Comment cela, tu sais ?

— J'ai demandé à mes agents de sécurité de vérifier les caméras de surveillance et l'un d'eux est allé interroger Chantelle. Elle a confirmé ta venue.

Nikos secoua la tête.

— Elle a fait beaucoup de dégâts.

— C'est comme ça, nous n'y pouvons rien, répliqua Maggie avec un petit haussement d'épaules. Tu sais, maintenant. Du moins, tu sauras bientôt.

Il jeta un coup d'œil à sa montre.

— Je dois aller à Londres. Je reviendrai une fois que j'aurai eu la confirmation qu'il est bien mon fils.

S'il avait eu la preuve que Daniel n'était pas de lui, elle ne l'aurait sans doute jamais plus revu, songea-t-elle avec un pincement au cœur. La passion qui les avait consumés était bel et bien éteinte. Mais Daniel *était* le fils de Nikos, aussi le reverrait-elle forcément, contrainte d'assumer les conséquences de ses actes.

Nikos l'accompagna jusqu'à sa voiture et, l'observant du coin de l'œil, elle vit qu'il regardait à nouveau Daniel à travers la vitre.

Puis il recula d'un pas et tourna les yeux vers elle.

— S'il est de moi, je l'accepterai comme mon fils et, je te préviens, tout changera ! Radicalement.

Sur ces paroles, il se détourna, prêt à regagner la maison.

— Qu'est-ce que cela veut dire, exactement ? demanda Maggie.

Il revint vers elle et s'arrêta, les mains posées sur les hanches.

— Ce que j'ai dit : si Daniel est mon fils, tu peux être certaine que je ne fuirai pas mes responsabilités.

Trois jours plus tard, Maggie pénétra dans le luxueux hôtel situé en plein cœur de Dublin. L'établissement, l'un des plus anciens de la ville, donnait sur St. Stephen's Green, le célèbre parc public, et exsudait une élégance et une sophistication intemporelles.

Une voiture avec chauffeur était venue la prendre chez elle, envoyée par Nikos mais, poussée par un sentiment rebelle, Maggie avait délibérément choisi une tenue décontractée. À présent, elle avait l'impression d'être une ado récalcitrante. Si on la fichait dehors avant même qu'elle ait atteint la réception, elle n'aurait qu'à s'en prendre à elle-même…

En fait personne ne l'arrêta, mais un employé stylé en costume noir et chemise blanche s'avança vers elle.

— Mademoiselle Taggart ?

Comment savait-il à qui il avait affaire ?

Maggie hocha la tête.

— Si vous voulez bien me suivre, dit-il en souriant. Je vais vous conduire chez M. Marchetti.

Chez M. Marchetti. Nikos avait une suite permanente ici, se souvint-elle en suivant l'homme qui entrait dans un ascenseur ancien. La cabine en bois massif à portes vitrées s'éleva bientôt en silence, étage après étage.

Qu'allait-il se passer, maintenant ? se demanda Maggie avec appréhension. Qu'allait lui annoncer Nikos ?

Son accompagnateur s'avança bientôt devant elle dans un couloir au sol recouvert d'un épais tapis bordeaux et s'arrêta devant la dernière porte, tout au fond.

Il toqua discrètement, et la porte s'ouvrit presque aussitôt. Nikos apparut, l'air grave, les manches de chemise roulées sur les avant-bras, les cheveux en désordre.

— Bonjour, Maggie.

— Bonjour, Nikos.

Une tension palpable imprégnait l'atmosphère, redoublant son appréhension. L'employé de l'hôtel s'éclaircit la gorge.

— Voulez-vous que je vous fasse apporter des rafraîchissements, monsieur Marchetti ?

— Du thé et du café, cela suffira, répondit Nikos sans détacher son regard de celui de Maggie.

— Merci, dit-elle en se tournant vers l'homme.

Dès qu'il fut parti, Nikos s'effaça pour la laisser entrer. Elle passa devant lui en s'efforçant de ne pas respirer les effluves épicés, mais ils lui parvinrent néanmoins, ravivant de dangereux souvenirs.

Elle se dirigea vers la large fenêtre donnant sur le parc et aperçut au passage une chambre, un lit aux draps froissés…

— Où est Daniel ?

Daniel. Maggie tressaillit. Il savait, à présent.

— Sara, la nounou des Barbier, s'occupe de lui.

— Assieds-toi, je t'en prie, dit-il en désignant un canapé.

Bien campé sur ses jambes, il était l'incarnation même de la beauté virile. À mille lieues du play-boy moqueur au charme raffiné qui avait chamboulé son existence en l'espace d'une seule nuit.

— Non, merci. Je préfère rester debout.

— Quand m'aurais-tu annoncé que j'avais un fils ? demanda-t-il en croisant les bras. Aurais-tu attendu qu'il marche et qu'il parle ?

Évidemment… Maintenant qu'il était certain d'être le père de Daniel, il lui en voulait. Et sa réaction la déroutait.

— Je ne sais pas, répondit Maggie avec franchise. Je croyais que tu étais au courant et que cela ne t'intéressait pas. J'aurais sans doute essayé de reprendre contact avec toi plus tard, quand Daniel aurait été un peu plus grand.

Il se mit à arpenter le salon immense, vibrant d'énergie. Puis il s'arrêta et la regarda.

— Je sais que ce n'est pas entièrement ta faute, et j'avoue que la piètre opinion que tu as de moi… a quelque chose de rafraîchissant, vu que je suis d'ordinaire l'objet de flatteries intéressées. Mais je n'arrive pas à admettre que, si je n'avais pas répondu à l'invitation des Barbier, j'aurais pu manquer… une année entière de la vie de mon fils ? Deux ? Trois ? En plus d'avoir été privé de sa naissance et de ses premiers mois.

— Tu étais parti en me laissant seulement quelques mots, sans me donner de numéro personnel, riposta Maggie avec colère. Tu n'aurais pas pu être plus clair ! Tu m'avais bien fait comprendre que tu n'avais aucune envie de me revoir ! Et maintenant, tu voudrais me faire croire que tu aurais aimé être au courant de la naissance d'un bébé que tu as d'abord refusé de reconnaître comme le tien ? Ne fais pas semblant de t'intéresser à lui maintenant, ce n'est vraiment pas la peine. Je sais comment ça se passe. Mon père…

— Ton père ? l'interrompit-il brutalement. Qu'est-ce qu'il a à voir avec notre situation ?

— Mon père était riche. Très riche. Il a entretenu une liaison avec ma mère et, quand elle lui a annoncé qu'elle était enceinte, il n'a rien voulu savoir. Il l'a menacée, chassée. Il n'avait pas le moindre désir d'être père – encore moins de partager sa fortune !

— Où est le rapport avec moi ? répliqua Nikos avec hauteur. Hormis le fait que je suis moi aussi très riche ?

— Tu m'as dit que les relations suivies ne t'intéressaient pas, ni la famille.

— C'était avant que j'aie un fils.

Un frisson la traversa.

— Pourquoi ne voulais-tu pas t'engager ni avoir d'enfant ? À cause de ce que tu as vécu avec ta mère ?

Un chaos épouvantable régnait dans l'esprit de Nikos. Une foule d'émotions contradictoires se bousculaient en lui. Sans parler du désir qui l'empêchait de se concentrer, de réfléchir. Dans ce jean usé aux genoux et ce banal débardeur en coton, avec ses sandales plates en cuir naturel, son chignon flou et ses mèches rebelles, Maggie ressemblait à une hippie.

Ce qui ne l'empêchait pas de la trouver encore plus sexy, plus attirante. Le simple fait de la regarder l'embrasait littéralement. Il ne désirait qu'une chose : la soulever dans ses bras et l'emporter dans la chambre…

— Je n'avais jamais envisagé d'avoir d'enfants parce que je ne voulais pas qu'ils vivent ce que j'ai vécu.

— Qu'as-tu vécu ?

En d'autres circonstances, Nikos n'aurait jamais permis à quiconque de l'interroger ainsi. Mais la situation était différente. Maggie devait savoir dans quoi elle s'engageait.

— Ma mère s'est donné la mort alors que j'avais deux ans. Mon père l'avait épousée uniquement pour son héritage et, elle, elle croyait qu'il l'aimait. Peu après le drame, il s'est remarié et, sa nouvelle femme n'ayant pas envie de s'encombrer du fils de la défunte épouse, je suis allé vivre chez mes grands-parents, en Grèce. Ils ne m'ont jamais pardonné les « fautes » de ma mère qui s'était enfuie avec son amant italien et lui avait donné toute sa fortune. Plus tard, mon père m'a envoyé en pension, en Angleterre. J'ai été manipulé comme un pion, moi, le pauvre gamin riche qui se rebellait pour attirer l'attention de son père. Sans jamais y parvenir.

Maggie le regardait avec une émotion sincère qui le dérangea.

— Je suis désolée que tu aies dû vivre ça.

— Ne sois pas désolée. Il m'a rendu service. J'ai appris très tôt à ne compter que sur moi-même.

Quand il vit des larmes briller dans les yeux bleus, Nikos réagit d'instinct. Il ne voulait pas de cela.

— Arrête, Maggie. Ne me regarde pas de cette façon.

— De quelle façon ? demanda Maggie.

Ce qu'il venait de lui dire l'avait profondément ébranlée. Elle aussi avait appris, à un très jeune âge, à ne faire confiance à personne excepté sa mère. Parce qu'elle aussi avait été rejetée par son père, avant même sa naissance.

— Je ne suis pas quelqu'un de gentil, Maggie. Je ne veux pas de ta compassion. Je n'en ai pas besoin. Tu sais ce que je ressens, là, maintenant ? Du désir. Je te désire comme un fou.

Elle le dévisagea en silence, le cœur battant la chamade.

— Même maintenant, avec le bébé… ?

— Je te désire depuis un an. Toi et toi seule.

Une chaleur délicieuse se répandit en elle, la faisant fondre.

— Tu ne penses pas ce que tu dis.

— Pourquoi mentirais-je ? rétorqua-t-il, plus impérieux que jamais.

Quand il s'avança vers elle, elle se sentit faiblir.

Levant la main, Nikos la lui posa sur la joue et lui caressa les lèvres du bout du pouce. Des étincelles coururent sur sa peau. Il était si proche que leurs corps se touchaient presque. Tous ses sens palpitaient, réclamaient.

— Je veux savoir si tu me désires autant que je te désire, Maggie.

Comment aurait-elle pu le nier ? Elle se consumait pour lui. Elle pensait qu'à cela : au désir qui la dévorait.

— Oui, je te désire, chuchota-t-elle.

Le regard rivé au sien, Nikos lui enlaça la taille et l'attira contre lui. Leurs corps s'épousaient parfaitement. Comme un an plus tôt.

Lorsque sa bouche ferme effleura la sienne, Maggie répondit à son baiser comme si elle attendait cet instant depuis toujours. Leurs langues se mêlaient, se repoussaient pour mieux se retrouver. La chaleur de Nikos l'entourait, se répandait en elle…

Comment avait-elle pu vivre sans ces délices ? Sans lui ?

Il s'écarta et recula d'un pas tandis qu'elle le regardait, le souffle court. Les yeux de Nikos étincelaient, ses hautes pommettes avaient foncé. Quand il tendit les bras et fit glisser les fines bretelles sur ses épaules, puis sur ses bras, Maggie n'eut pas le temps de penser que son soutien-gorge d'allaitement était tout sauf sexy. Nikos le dégrafa sur le devant et referma les mains sur ses seins.

— J'en ai tellement rêvé, Maggie… J'ai tellement rêvé… de toi.

Elle aussi, elle avait rêvé de lui, de ce corps sublime. Elle brûlait de le voir, de sentir sa peau chaude contre la sienne.

Le cœur battant à un rythme fou, les doigts tremblant d'impatience, Maggie déboutonna la chemise blanche. Elle éprouvait la même hardiesse qu'un an plus tôt, la même avidité.

Mais une année avait passé depuis. À présent, il y avait Daniel.

Brusquement, elle remonta son débardeur sur sa poitrine.

— Nous ne devrions pas…

— Nous ne pouvons pas résister, Maggie. C'est plus fort que nous, répliqua Nikos, le regard incandescent.

Sa chemise ouverte dévoilait des pectoraux parfaits. Maggie dut faire un effort surhumain pour ne pas y poser les mains et savourer la merveilleuse chaleur virile.

— La dernière fois que nous avons cédé au désir, je me suis retrouvée enceinte.

Lorsqu'elle recula, Nikos s'interdit de l'enlacer à nouveau pour l'attirer contre lui. Le désir l'aveuglait, obscurcissant ses pensées. Que lui faisait-elle, bon sang ? Il s'efforça de reprendre le contrôle de lui-même, mais comment y parvenir alors que les seins épanouis de Maggie s'offraient à sa vue ? Et qu'elle le regardait comme ça, les joues roses, le souffle court ?

— Tu as raison, ce n'est ni le moment ni l'endroit, dit-il d'une voix dure.

En réalité, il s'en voulait, mais il se détourna et reboutonna sa chemise. Un tel abandon ne lui ressemblait pas. Il gardait le contrôle de lui-même en toutes circonstances. Et il ne couchait jamais avec ses employés. Pourtant non seulement il avait couché avec la gouvernante de Kildare House, mais il lui avait fait un enfant !

Nikos se retourna vers Maggie, qui s'était rajustée elle aussi, et dut résister au désir qui flambait de nouveau en lui.

— Je ne sais pas ce qu'il m'a pris. Je voulais juste te parler.

Les joues en feu, elle murmura :

— D'accord.

Un tumulte d'émotions se lisait dans les grands yeux aux reflets turquoise. Or il ne voulait pas d'émotion. Seulement de la passion. Ça, il savait gérer.

Maggie continua de le regarder en silence, l'air maintenant accusateur.

— Ce qui vient de se passer était réciproque, Maggie.

Le fait de savoir que Nikos la désirait encore avait anéanti toutes les défenses de Maggie. Un barrage s'était rompu en elle, la passion avait pris possession de tout son corps, tel un courant indomptable.

Cependant elle n'était pas venue là pour coucher avec lui.

— Il faut que nous parlions de la suite.

— En effet, acquiesça-t-il en croisant les bras. Maintenant que je sais que Daniel est mon fils, nous allons pouvoir avancer.

— Avancer ? À quoi fais-tu allusion, exactement ?

Les pépites dorées luisaient dans les yeux sombres de Nikos.

— Au mariage. Nous allons devoir nous marier, Maggie.

6.

Maggie le regarda, interloquée. Elle avait dû mal comprendre.

— Qu'est-ce que tu as dit ?

— Que nous allions nous marier, répondit-il tranquillement.

Ses jambes se mirent à trembler.

— C'est la chose la plus ridicule que j'aie jamais entendue. Nous nous connaissons à peine !

— Cela ne nous a pas empêchés de faire un enfant ensemble. Ce qui me paraît amplement suffisant pour envisager le mariage.

Le tremblement se propagea dans tout son corps.

— Tu veux vraiment te marier ? Malgré ce que tu m'as raconté sur tes parents et sur ton enfance ?

Après un long silence, Nikos répondit, crispé :

— C'est à cause de ce qui m'est arrivé que je suis résolu à être là pour mon fils. Mon père nous a abandonnés, ma mère et moi, et je n'infligerai pas cela à mon enfant.

Maggie le dévisagea, paniquée. En fait, elle ne savait pas ce qui était le pire : un père absent ou un père désireux d'assumer ses responsabilités uniquement par sens du devoir.

— Mais pourquoi en passer par le mariage ? Nous pourrions essayer de trouver une sorte… d'arrangement ?

— Il ne s'agit pas seulement de nous.

— De quoi parles-tu ? demanda Maggie en plissant le front.

— Il y a le Marchetti Group à prendre en compte. Un certain nombre d'années se sont écoulées depuis la mort de mon père, mais on continue d'observer ses fils pour voir comment ils se débrouillent en trio. Nous sommes tous les trois célibataires, ce qui nous rend moins fiables aux yeux de nos actionnaires conservateurs. Ils deviennent de plus en plus nerveux au fur et à mesure que les années passent. La stabilité de la holding et son image sont primordiales.

Il s'interrompit et la regarda droit dans les yeux.

— Lorsque les médias découvriront ton existence et celle de Daniel, ils s'en donneront à cœur joie, tu peux me croire. J'en connais beaucoup qui ne seront pas surpris d'apprendre que j'ai un enfant, mais la nouvelle ne fera que renforcer la nervosité des actionnaires.

Cela ne surprendrait pas bon nombre de gens à cause de sa réputation de don Juan invétéré, bien sûr…

— Si je comprends bien, tu veux que nous nous mariions uniquement pour consolider l'image de ton entreprise ?

— Pas uniquement. Mais en grande partie, oui.

La panique envahit de nouveau Maggie. Il paraissait si déterminé qu'elle en avait la chair de poule.

— Mais je ne sais presque rien de toi… Tu as deux frères, mais es-tu proche d'eux ?

Le beau visage viril se ferma.

— J'ai deux *demi*-frères, l'un plus âgé, l'autre plus jeune. Nous avons tous des mères différentes. Et, non, nous ne sommes pas particulièrement proches. En revanche, nous sommes tous dévoués au Marchetti Group.

Ah… Leur fraternité se réduisait à des relations d'affaires, en quelque sorte.

— Je comprends tes motivations, dit-elle, le plus posément possible. Mais tu es bien placé pour savoir qu'un mariage raté peut entraîner des conséquences effroyables. Nous ne nous aimons pas.

— Qui parle d'amour ? Si quelque chose peut déstabiliser un mariage, c'est bien l'amour. Il faut être naïf pour croire à ce genre d'illusion !

— Il n'y a rien de naïf à croire à l'amour, riposta Maggie

en redressant le menton. Et ce n'est certainement pas une illusion. J'aimais ma mère et elle m'aimait. Elle a tout fait pour me protéger et, lorsqu'elle est morte, j'ai été anéantie. Quant à Daniel… Je n'ai pas de mots pour décrire ce que j'ai ressenti dès sa venue au monde. Je ferais n'importe quoi pour lui.

Nikos entendait les mots qu'elle prononçait, mais c'était comme si elle s'exprimait dans une langue inconnue. Il ignorait totalement de quoi elle parlait.

À la mort de ses grands-parents, il n'avait rien ressenti. Aucune émotion. Ils ne lui avaient jamais manifesté la moindre bienveillance, voyant en lui la preuve de la trahison de leur fille. Ils avaient laissé Domenico l'emmener, à douze ans, visiblement ravis d'être débarrassés de lui.

Il ne fallait pas être psychologue pour comprendre que sa rébellion venait du désir de tester les limites, de voir jusqu'où il pouvait aller avant d'être exclu de la famille. Et que sa révolte était également liée au désir de capter enfin l'intérêt de son père. Ainsi que celle de ses demi-frères, reconnut Nikos en son for intérieur.

Mais ce n'était pas le moment de se livrer à ce genre de réflexions. Surtout sous le regard perspicace de Maggie.

— Tu ferais n'importe quoi pour notre fils, dis-tu ? De mon côté, je peux vous offrir la stabilité et la sécurité. Le luxe et le confort. Des garanties que l'amour ne pourra jamais te donner.

Quand elle se mordilla la lèvre, Nikos sentit sa virilité réagir avec une telle ardeur qu'il dut faire un effort terrible pour ne pas prendre Maggie dans ses bras et assouvir enfin le désir qui le ravageait.

— Nous possédons des atouts bien plus puissants et concrets que l'amour pour réussir un mariage, poursuivit-il. Le désir. Et un enfant.

— Peut-être, mais le désir ne durera pas toujours… Et ensuite, qu'arrivera-t-il ?

Pourquoi une telle résistance ? D'habitude, on adhérait sans réticence à ses propositions, et sans poser de questions !

— Il faut que je réfléchisse, ajouta Maggie.

— Tu as eu un an pour y réfléchir, rétorqua-t-il sèchement.

De son côté, il aurait pu essayer de la retrouver…

Refoulant le sentiment de culpabilité qui s'insinuait en lui, il poursuivit, plus conciliant :

— Je crois que nous avons mieux à offrir à Daniel que ce que nous avons vécu l'un et l'autre. Il le mérite.

— Tu l'as à peine regardé.

Sa poitrine se serra tandis qu'il revoyait en pensée le petit garçon minuscule aux cheveux pareils aux siens.

— Je n'ai aucune expérience avec les bébés. Il me faudra du temps pour m'adapter à… ma nouvelle vie.

Elle baissa les yeux en rosissant, puis redressa la tête.

— Si j'acceptais de t'épouser, comment vivrions-nous, exactement ?

— À mon avis, cinq ans suffiront à donner une impression durable de stabilité et à établir une base solide pour notre fils. Ensuite, nous prendrons les dispositions qui nous conviendront à tous les deux, notamment pour la garde de Daniel.

Cinq ans…

— Et où vivrions-nous ? Je ne sais même pas si tu as une résidence principale.

— Je vis principalement à Paris, mais je possède des appartements à New York, Londres et Athènes.

Maggie fut prise d'une excitation insensée. Elle se rappela la sensation de la bouche ferme sur la sienne. Il n'avait désiré aucune femme après elle… Pouvait-elle vraiment le croire ?

— J'aimerais avoir un peu de temps pour y réfléchir.

À en juger par la lueur irritée qui couvait dans son regard, il n'avait pas l'habitude qu'on lui résiste…

— Très bien, acquiesça-t-il néanmoins. Mais les journalistes viendront vitre fourrer leur nez dans nos affaires et comprendront aussitôt ce qui se passe. Alors j'aimerais que toi et Daniel partiez avec moi à Paris demain après-midi.

— Demain ? Daniel n'a même pas de passeport ! protesta Maggie, suffoquée.

— Je m'occuperai de toutes les formalités, répliqua Nikos, péremptoire. Nous voyagerons dans un jet privé, cela facilitera les choses. Tout va vite, dans mon univers. Plus tôt nous contrôlerons la situation, mieux cela vaudra.

Tout allait *trop* vite, même, songea-t-elle, sous le choc.

— Je dois rentrer m'occuper de Daniel. Et j'ai besoin de temps pour réfléchir à tout ceci…

À son grand soulagement, Nikos s'avança vers la porte, l'ouvrit et se retourna vers elle.

— D'accord. Tu sais ce qui est le mieux pour notre fils.

En effet. Mais elle ne se faisait pas confiance concernant Nikos. Or, si elle acceptait de l'épouser, ils vivraient dans une proximité quasi constante. Et, comme elle venait encore de le vérifier, elle perdait la tête dès qu'il s'approchait d'elle…

En fin de compte, Maggie comprit rapidement qu'elle n'avait pas vraiment le choix. Peu importaient ses propres réactions, ses peurs, ses doutes. Une seule chose comptait : Daniel. Si elle acceptait la proposition de Nikos, leur fils grandirait dans un foyer stable durant ses premières années. Avec ses deux parents.

Avait-elle le droit de le priver de cela ?

Tard la veille au soir, elle avait appelé Nikos pour lui annoncer qu'elle acceptait de l'épouser.

Il y avait eu un court silence, puis il avait répliqué de sa belle voix grave qu'elle avait pris la bonne décision.

Son chauffeur était venu les chercher tôt ce matin, elle et Daniel, avec leurs maigres bagages.

Il avait été étonnamment facile de quitter la vie qu'elle s'était construite chez les Barbier. Ils n'avaient fait aucune difficulté, posé aucune question, se contentant de lui souhaiter bonne chance. Mais Maggie n'avait pu s'empêcher de songer à sa mère, incapable de rester longtemps chez le même employeur et déménageant sans cesse.

Comme Edith, elle avait succombé au charme d'un homme riche et puissant.

— Tu es bien installée ?

Elle tressaillit et détourna la tête du hublot par lequel elle regardait Dublin rétrécir à vue d'œil au fur et à mesure que le jet prenait de l'altitude et s'éloignait dans les airs.

La réalité de la nouvelle vie qui l'attendait l'avait frappée de plein fouet dès qu'elle avait aperçu le somptueux appareil trônant sur la piste, le logo du Marchetti Group ressortant sur le fuselage noir. Ensuite, elle avait découvert l'intérieur luxueux, les sièges en cuir gris perle, tandis qu'un steward et une hôtesse souriants s'empressaient autour d'elle et de Daniel.

Maggie souleva sa tasse de thé d'une main légèrement tremblante.

— À quoi penses-tu ? Je n'arrive pas à te deviner et cela me rend nerveux.

— Parce que tu devines les pensées de tout le monde, d'habitude ?

— Je suis un excellent joueur de poker, répliqua-t-il avec un petit sourire en coin qui la fit frémir dans les endroits les plus secrets de son corps.

— Je songeais à Daniel, répliqua-t-elle. Au fait qu'il n'aurait peut-être pas envie d'hériter d'une fortune colossale.

La question l'avait en effet traversée. Et inquiétée. Son fils était si petit, si vulnérable, qu'elle avait du mal à l'imaginer héritant de milliards et des responsabilités qui allaient avec.

— Tu voudrais le priver de son héritage ?

— Bien sûr que non. Je voulais simplement dire que, pour ma part, je me moque qu'il soit riche ou pas. La seule chose qui m'importe, c'est qu'il soit heureux et en bonne santé.

— Très noble, comme point de vue, riposta Nikos avec un soupçon de condescendance. Mais pas très réaliste. Pense aux opportunités que je peux lui offrir.

Certes, mais un enfant avait avant tout besoin d'amour. Or Nikos méprisait ce sentiment et ne parlait que de confort matériel.

— Si tu n'envisages pas d'être un père pour Daniel, le mariage ne m'intéresse pas, déclara Maggie. L'argent ne le protégera pas de ton indifférence. Ni le luxe et le confort, d'ailleurs.

Il baissa rapidement les yeux sur Daniel, endormi dans les bras de Maggie. Une expression indéchiffrable passa sur ses traits, avant de disparaître aussitôt. Avait-elle été trop franche ? Trop brutale ? Nikos Marchetti était-il fait d'un bois plus tendre qu'il ne le paraissait ?

Impossible… Et puis, son cynisme lui servait d'armure.

Nikos détestait cette impression que Maggie lisait en lui. Surtout maintenant, alors qu'il se demandait lui-même s'il serait capable d'être le père qu'il n'avait jamais eu. Mais cela n'ébranlait en rien sa décision. L'idée de ne pas faire partie de la vie de Daniel lui était insupportable.

— Jusqu'à il y a quelques jours, j'ignorais que j'avais un fils, dit-il lentement. Alors tu peux comprendre que je sois un peu déboussolé par la situation et que j'aie besoin de temps pour essayer de construire une relation avec lui, non ?

— Je le comprends tout à fait, acquiesça-t-elle en rosissant.

Le signal lumineux s'éteignant, elle détacha sa ceinture de sécurité puis celle entourant le bébé et se leva.

— Je vais l'allaiter et le changer, dit-elle sans le regarder.

Puis elle s'éloigna dans l'allée, Daniel en sécurité dans le creux de son bras, tandis que Nikos la suivait du regard. Si on lui avait dit un mois plus tôt qu'il se retrouverait dans ce jet avec sa future femme et son fils, après avoir passé une seule nuit avec elle, il ne l'aurait jamais cru.

Mais leur nuit n'avait ressemblé à aucune autre. Faire l'amour avec Maggie avait été une expérience unique. Jamais il n'avait ressenti une telle communion des sens. Cette femme n'avait rien de commun avec celles qu'il fréquentait d'habitude. Elle s'était installée en lui, dans son corps et dans son esprit. Depuis leur nuit magique, le désir qu'il éprouvait pour elle n'avait pas faibli.

Il ne désirait qu'elle. Et elle était la mère de son enfant.

Quant à l'avenir, Nikos ne s'en inquiétait pas vraiment. Il avait appris très tôt à ne pas attendre qu'on l'accepte ni qu'on souhaite sa présence. Mais il savait que la réticence de Maggie s'émousserait vite lorsqu'elle verrait la vie qu'il pouvait leur offrir, à elle et à son fils.

— Quand tu as parlé de ton appartement, je n'ai pas pensé qu'il s'agissait en réalité d'une suite d'hôtel.

Maggie se tenait au milieu de la terrasse qui coiffait le sommet d'un immeuble de style baroque et offrait une vue imprenable sur la tour Eiffel. Elle n'était venue qu'une fois à Paris, à l'occasion d'un voyage scolaire, et n'arrivait pas à croire qu'elle se trouvait vraiment là, dans un somptueux palace de la capitale française.

« Beaucoup de Parisiens s'en vont au mois d'août », avait dit Nikos tandis qu'ils traversaient la ville.

Désignant les trottoirs noirs de monde, il avait ajouté avec dédain : « Tous ces gens sont des touristes. »

Elle l'écoutait à peine, fascinée par l'élégance et le raffinement des hauts immeubles qui bordaient l'avenue.

Revenant au présent, Maggie regarda Nikos s'avancer vers elle.

— Tous mes appartements se trouvent dans des hôtels du Marchetti Group. C'est plus commode.

Elle le dévisagea avec surprise.

— Cet hôtel vous appartient ?

Pour toute réponse, il hocha la tête.

Évidemment. Elle aurait dû s'en douter. À leur arrivée, le directeur en personne les avait accueillis, avec une déférence presque obséquieuse.

— Kildare House est la seule maison que tu possèdes, alors ? demanda-t-elle tout à coup.

— Oui, acquiesça-t-il d'un ton détaché. Comme je te l'ai dit, je l'ai achetée à un moment où je pensais investir dans les chevaux de course.

Inutile d'insister. Visiblement, sa question le dérangeait.

— Viens, reprit Nikos en reculant d'un pas. Je vais te faire visiter les lieux.

Elle le suivit tandis qu'il la faisait entrer dans la cuisine immaculée équipée de la domotique la plus sophistiquée.

— Tu ne dois pas beaucoup utiliser cet espace, j'imagine ?

— Non. Je n'ai pas honte d'avouer que, contrairement à toi, je sais à peine cuire un œuf. Mais j'ai Mathilde.

— Mathilde ?

— Ma gouvernante française. Elle s'occupe de plusieurs appartements et vit dans l'un d'entre eux. Tu feras sa connaissance demain. Mais elle a veillé à ce que nous ne manquions de rien, et nos repas nous attendent dans le réfrigérateur.

Après lui avoir montré la salle vidéo, il s'avança dans un long couloir sur lequel donnaient plusieurs pièces. Son bureau, une salle de musculation avec couloir de nage, et enfin, les chambres.

Il ouvrit une porte et s'effaça pour laisser entrer Maggie.

— Voici votre suite, à toi et Daniel.

À quoi s'était-elle attendue, au juste ? Elle n'en savait trop rien mais se sentit soulagée d'avoir son espace personnel. Une petite chambre destinée à Daniel jouxtait la sienne. Il y avait également une salle de bains et un dressing immense, vide pour l'instant.

— Je n'ai jamais partagé ma chambre avec une femme, dit Nikos, l'épaule appuyée au chambranle. Et j'ai pensé que, même après notre mariage, tu aimerais avoir ton espace à toi.

— En effet, acquiesça Maggie d'un ton neutre. C'est mieux ainsi.

Il se redressa de toute sa hauteur.

— Une fois que tu auras rencontré les stylistes, ils veilleront à ce que ton dressing soit bien fourni.

— J'ai des vêtements, répliqua-t-elle, gênée.

— Je sais, dit-il d'une voix plus douce, mais quand tu seras mon épouse, tu devras… avoir un certain degré de sophistication – et c'est naturellement à moi d'en assumer les frais. Tu auras besoin entre autres de robes de soirée appropriées à des événements mondains comme celui auquel nous participerons demain soir.

Autrement dit, elle n'était pas à la hauteur de son standing ! Ce qui n'avait rien d'étonnant, au fond. Nikos possédait un tiers de l'une des holdings les plus puissantes du monde. Quant à cette soirée…

— De quel événement mondain parles-tu ?

— D'un gala de charité. Nous en profiterons pour nous montrer publiquement en tant que fiancés.

Un sentiment d'insécurité gagna Maggie.

— J'ai l'impression que je vais détonner dans ton univers…

Il laissa descendre son regard sur son chemisier en coton écossais, son jean délavé, ses vieilles baskets. Elle ne portait aucun maquillage et avait rassemblé ses cheveux en un chignon flou sur la nuque.

— Il suffira de pas grand-chose pour améliorer ton look, dit-il avec un léger sourire. J'ai déjà fait publier un communiqué annonçant nos fiançailles et l'existence de notre fils, alors ce ne sera pas une surprise. Nous avons été repérés par les paparazzis en venant ici, de toute façon. Impossible de leur échapper à Paris.

Maggie eut l'impression que des murs invisibles se refermaient autour d'elle.

— Pourquoi ne m'en as-tu rien dit ?

Il la dévisagea, l'air perplexe.

— Parce que tu prends tes décisions seul, répondit-elle à sa place. Sans tenir compte de l'avis de quiconque. Eh bien, à partir de maintenant, j'aimerais que tu me fasses part de *tout* ce qui pourrait avoir des répercussions sur moi ou sur Daniel avant de l'annoncer au reste du monde.

— Dans ce cas, je devrais probablement t'informer que, grâce à une licence spéciale, j'ai organisé notre mariage pour la semaine prochaine.

Maggie sentit ses jambes faiblir.

— Quand t'en es-tu occupé ?

— Hier, après ton départ, et tout à l'heure, durant le vol.

Ah...

— Maggie ?

— J'ai accepté de t'épouser, je sais. Mais je ne m'attendais pas à ce que tout aille si vite. Pourquoi cette précipitation ?

— Parce que, dans le monde où nous vivons, l'image est primordiale, déclara-t-il d'une voix dure. Et plus vite nous nous afficherons en tant que famille unie, plus vite nous étoufferons rumeurs et spéculations.

— Tu veux dire que l'image est primordiale dans *ton* monde ! rétorqua Maggie.

— Désormais, c'est le tien aussi. Et celui de Daniel.

Elle saisit la balle au bond.

— Parlons de Daniel, justement. Je ne peux pas t'accompagner à ce gala.

— J'ai pris des dispositions pour que des nounous viennent te voir demain matin afin que tu en choisisses une. Tu vas devoir t'habituer à sortir sans lui.

La vitesse à laquelle il transformait sa vie lui donnait le vertige.

— Je le confierai à une nounou à condition d'avoir entièrement confiance en elle.

Il la regarda un instant en fronçant les sourcils.

— Pas de problème, dit-il. Au fait, tu devrais établir une liste de ce dont tu as besoin pour Daniel. Je la transmettrai à l'une de mes assistantes.

— Entendu, répliqua Maggie à la hâte.

En réalité, elle se sentait troublée malgré elle par la proximité de Nikos. Les mains posées sur les hanches, il dégageait une formidable aura de force virile. Il ressemblait à ce qu'il était : un homme d'affaires milliardaire doté des attributs naturels d'un sex-symbol.

La panique l'envahit à la perspective de vivre avec lui, alors qu'il exerçait sur elle un pouvoir de séduction aussi puissant. Réussirait-elle à s'habituer à sa nouvelle vie ? Les changements qui l'attendaient étaient immenses.

— Nous ne sommes pas obligés de rester ici, tu sais ? Je pourrais très bien aller m'installer ailleurs avec Daniel. Nous n'avons pas besoin d'un environnement aussi… grandiose.

Maggie le regardait en silence, attendant sa réponse. Soit elle dissimulait bien son jeu, soit elle était réellement désintéressée – ce que Nikos avait beaucoup de mal à croire.

En revanche, il rejeta d'emblée l'éventualité qu'elle puisse convoiter sa fortune tout en envisageant de vivre loin de lui. Elle le désirait. Il n'avait aucun doute là-dessus. Et elle savait qu'ils étaient forcés de faire front ensemble.

Un souvenir lui revint brusquement. Celui de son père venu le voir chez ses grands-parents alors qu'il avait environ huit ans. Nikos lui avait demandé pourquoi il ne pouvait pas repartir avec lui à Paris, et son père avait répondu : « J'ai une nouvelle famille là-bas. Tu es mieux ici, avec tes grands-parents maternels. Tu ne manques de rien, alors contente-toi de ce que tu as, mon garçon. »

Après son départ, Nikos avait contemplé l'allée déserte durant un long moment, la gorge nouée, la souffrance lui enserrant la poitrine, à se demander ce qu'il avait bien pu faire pour être repoussé ainsi, par tout le monde...

Il se secoua pour refouler ces souvenirs pénibles. Il était devenu expert dans l'art de s'immuniser contre ce genre de réminiscence, les noyant dans le bruit et l'activité.

— Tu as accepté de devenir ma femme, dit-il en croisant les bras. Nous vivrons ensemble, pas séparément.

— Je dis seulement que Daniel et moi n'avons pas besoin d'autant...

— Désolé, Maggie, mais ce n'est pas négociable. Et ne t'inquiète pas, tu t'y habitueras.

Et plus vite qu'elle ne le pensait. C'était dans la nature humaine de se laisser éblouir par le luxe, non ?

Elle entrouvrit les lèvres, sans doute pour protester, lorsqu'un petit cri plaintif lui fit tourner les yeux vers la porte du salon. Aussitôt, elle se précipita et réapparut un instant plus tard en serrant Daniel contre elle.

— Tu veux le prendre un peu dans tes bras avant sa tétée ?

Nikos la dévisagea, horrifié. Le prendre dans ses bras ? Ce petit être fragile ? Il eut envie de tourner les talons et de fuir, le plus loin possible, tout en sachant qu'il était ridicule. Il s'agissait d'un bébé, pas d'une bombe !

Soudain, il se sentit complètement démuni, lui qui se croyait d'une assurance à toute épreuve. Maggie le regardait avec ses grands yeux bleus.

Non, il ne pouvait pas prendre son fils dans ses bras...

— Comment faut-il...

Elle se rapprocha de lui. Son parfum lui caressa les narines, mais cela ne lui fut d'aucun secours.

— Plie le bras, oui, comme ça... Assure-toi que sa tête est bien soutenue.

Lorsque, doucement, Maggie installa Daniel sur son bras, Nikos leva d'instinct l'autre main et la referma sous les fesses du bébé. La première chose qui le frappa, ce fut le poids de son fils. Il ne s'attendait pas à ce qu'il pèse aussi lourd.

Daniel leva vers lui ses yeux noirs aux longs cils. Avec une candeur totale. Une confiance absolue. Et d'un coup, avant qu'il ne puisse la refouler, Nikos sentit une douleur aiguë lui traverser la poitrine, à côté du cœur. Comme si celui-ci se dilatait, allait se déchirer en deux…

Brusquement, Nikos eut le sentiment d'être insignifiant. Ce bébé était la chose la plus importante du monde. Et il ferait tout pour le protéger. Coûte que coûte.

Au même instant, Daniel remua. Le cœur de Nikos s'arrêta de battre tandis qu'il resserrait doucement son étreinte. Son propre père avait-il vécu un tel moment ? L'avait-il tenu dans ses bras ? Avait-il ressenti les mêmes sensations ? En tout cas, il l'avait abandonné…

Nikos eut alors l'impression que Daniel lisait en lui, au plus profond de son âme, là où il s'était toujours senti si creux. Ses parents l'avaient abandonné parce qu'il n'était pas digne d'être aimé. Comment pourrait-il donner à cet enfant ce que lui-même n'avait jamais possédé ?

La sueur perlant à son front, il tendit Daniel à Maggie qui le prit dans ses bras.

— C'était parfait… Tu es naturellement…

Il l'entendit à peine. Il devait sortir de là. Maintenant.

Quittant la pièce, il alla se réfugier dans la salle de bains et referma la porte derrière lui. Debout devant le lavabo, il dut faire un effort surhumain pour ne pas vomir.

Glacé, il se regarda dans le miroir sans vraiment voir son reflet.

La nausée finit par diminuer, l'étau qui lui enserrait la poitrine se détendit.

Il ne pouvait même pas tenir son propre enfant sans friser

la crise de panique ! Alors qu'il n'en avait plus eu depuis le pensionnat.

Au bout de quelques minutes, des coups légers furent frappés à la porte.

— Nikos ? Tu vas bien ?

7.

Les mains agrippées au lavabo, Nikos inspira profondément avant d'aller ouvrir.

Il savait de quoi il avait besoin pour effacer cet assaut de vulnérabilité. Seule Maggie pouvait l'y aider, et d'une seule façon.

— Nikos ? demanda-t-elle en plissant le front. Que s'est-il passé ?

— Daniel va bien ?

Elle le dévisagea un instant en silence, l'air inquiet.

— Oui. Il s'est rendormi. Tu ne lui as pas fait de mal, Nikos.

— Il ne s'agit pas de cela, répliqua-t-il en secouant la tête.

— Explique-moi ce qui vient de se passer, Nikos.

Quand elle voulut se rapprocher de lui, il l'arrêta d'un geste de la main.

— Reste où tu es, Maggie.

Un courant brûlant emplissait l'atmosphère. Maggie le sentait. Son corps y réagissait, la poussant à se rapprocher de Nikos en dépit de son avertissement.

Elle aurait dû obéir et s'en aller. Mais l'expression de son visage, son regard, démentaient ses paroles. Il avait besoin d'elle.

Tenir son fils pour la première fois avait dû le bouleverser, comme cela avait été le cas pour elle lorsqu'elle l'avait pris dans ses bras juste après sa naissance.

— Que s'est-il passé ? insista-t-elle doucement.

— Je ne peux pas l'expliquer… Va-t'en, Maggie !

Sa voix dure lui fit l'effet d'une gifle, mais elle répliqua avec calme :

— Pourquoi ?

— Parce que, si tu ne t'en vas pas immédiatement, je vais te prendre dans mes bras.

Son cœur s'arrêta une fraction de seconde, puis se remit à battre à un rythme plus soutenu.

— Et ce serait une mauvaise chose ?

Il serra les mâchoires.

— Oui, parce que je risquerais d'être brutal.

Au lieu de l'effrayer, ses paroles l'excitèrent. Elle fit un pas en avant.

— Maggie…

Cette fois, il y avait de la vulnérabilité dans la voix de Nikos. Et dans son regard.

Lentement, elle leva la main et lui effleura la joue, sentant sa barbe de deux jours lui chatouiller la peau. Il prit sa main et en embrassa la paume, et cela suffit à embraser Maggie tout entière.

Il pencha la tête au moment où elle se haussait sur la pointe des pieds pour lui offrir ses lèvres. Leurs bouches se rencontrèrent tandis qu'elle refermait les bras autour du cou de Nikos et creusait les reins pour mieux sentir sa puissante érection.

Tout en dévorant sa bouche, il la souleva et l'assit sur le comptoir de la salle de bains.

Quand il tira sur son chemisier, Maggie entendit un bouton tomber sur le marbre. Elle s'en fichait éperdument. Elle voulait sentir les mains de Nikos sur sa peau.

Écartant les pans de son chemisier, il dégrafa son soutien-gorge, referma les mains sur ses seins et se pencha à nouveau avant de happer ses mamelons tour à tour. Ils étaient si sensibles… Elle enfouit les doigts dans ses cheveux bouclés et laissa échapper un gémissement.

Sans même s'en apercevoir, Maggie avait déboutonné la chemise de Nikos. Elle posa les mains sur ses larges épaules, puis, se laissant à moitié glisser du comptoir, elle déboutonna son pantalon et s'occupa de la fermeture Éclair.

— Caresse-moi…

Elle le prit dans sa main et le sentit pulser entre ses doigts. Doucement, elle le caressa, tandis qu'un son rauque franchissait les lèvres de Nikos.

Les mâchoires serrées, il fit descendre le jean de Maggie, puis sa culotte, sur ses jambes, avant de la soulever de nouveau pour la rasseoir sur le plateau de marbre.

Ses mains se posèrent d'elles-mêmes sur le torse musclé, caressèrent la toison brune qui recouvrait les pectoraux parfaits.

Nikos caressa son sexe offert tandis qu'elle haletait, impatiente de l'accueillir. Il l'explora avec deux doigts glissés en elle, mais cela ne lui suffisait pas.

— Nikos, prends-moi…

Retirant sa main, il lui passa le bras autour des hanches et la pénétra d'un puissant coup de reins.

Il était là, enfin, enfoui en elle, comme elle en rêvait depuis un an.

Le plaisir rugit en lui, se répandit dans tous ses sens. Nikos donna un nouveau coup de reins, s'enfonça au plus profond de la merveilleuse chaleur de Maggie.

C'était de ça qu'il avait besoin. Lorsqu'elle se mit à trembler dans ses bras, que le plaisir les submergea tous deux, il donna un ultime coup de reins et céda à la jouissance en même temps que Maggie.

Ce qu'ils partageaient relevait de la perfection, songea-t-il en redescendant sur terre. C'était le plaisir à l'état pur.

Jamais il n'avait vécu cela avec une autre femme. Et il ne le vivrait avec aucune autre, pressentit Nikos avec un sentiment de fatalité sur lequel il refusa de s'appesantir.

Maggie sentit à peine que Nikos se retirait et l'aidait à descendre du comptoir, puis se penchait pour ramasser son jean. Son chemisier était ouvert, son soutien-gorge dégrafé. Elle se sentait comblée, épuisée…

Émergeant de sa délicieuse torpeur, elle réalisa qu'il lui tendait son jean et tressaillit en voyant son expression tendue. Regrettait-il ce qui venait de se passer ?

— Qu'y a-t-il, Nikos ?

— Je n'ai pas utilisé de préservatif.

— Le fait d'allaiter retarde le retour de couches, répliqua Maggie. Alors les risques sont très minces…

— J'ai fait preuve de négligence, l'interrompit-il. La prochaine fois je serai plus vigilant.

Parce qu'il ne voulait pas avoir d'autre enfant. Il n'en avait jamais voulu.

La réalité reprit brutalement ses droits, lui faisant l'effet d'une douche froide.

Maggie se rajusta à la hâte, puis passa devant Nikos en disant qu'elle allait voir Daniel.

Ayant constaté qu'il dormait comme un ange, elle regagna le salon et sortit sur la terrasse. Après ce qui venait de se passer, elle se sentait affreusement vulnérable. Dès que Nikos était concerné, elle perdait la tête. Ils étaient arrivés depuis moins d'une heure, et elle avait déjà succombé au désir.

— Cela n'aurait pas dû…

— Cela n'aurait pas dû arriver, je sais, l'interrompit Maggie en se retournant vers lui.

— Ce n'est pas ce que j'allais dire, répliqua-t-il en s'avançant vers elle, les sourcils froncés. Je voulais te dire que cela n'aurait pas dû se passer de cette façon.

— Pourquoi est-ce arrivé ? riposta Maggie, décidée à en avoir le cœur net. Et que t'est-il arrivé, à toi ? Tout à l'heure, je veux dire.

Il demeura silencieux durant un long moment. Puis il se dirigea vers la baie vitrée qui entourait la terrasse.

— Je n'avais encore jamais tenu un bébé dans mes bras, commença-t-il, le dos tourné. Un si petit être, sans défense. Mais Daniel est costaud. Je l'ai senti…

Quand il se retourna vers elle, Maggie tressaillit en voyant l'expression torturée de son visage.

— Je n'ai pas été aimé, Maggie. Ni par mes parents ni par mes grands-parents. Si ma mère m'a aimé un tant soit peu, j'étais trop petit pour m'en souvenir.

Il secoua la tête.

— Je ne veux pas que Daniel vive ce que j'ai vécu, mais je sais déjà que ce ne sera pas le cas. Parce qu'il t'a et que tu l'aimes. Quant à moi, je ne peux pas promettre de… de lui donner ce que je n'ai jamais connu.

Maggie digéra ses paroles et s'efforça d'ignorer la souffrance qui lui étreignait le cœur à la pensée de la solitude que Nikos avait dû connaître enfant.

— Et moi, je sais que tu as ressenti quelque chose d'intense quand tu l'as tenu dans tes bras, tout à l'heure. Je l'ai vu.

— J'ai perçu sa vulnérabilité et réalisé que je désirais plus que tout le protéger.

Du désespoir se lisait dans les beaux yeux sombres. Il n'y avait plus aucune trace du play-boy irrésistible rencontré un an plus tôt. Maggie aurait voulu lui dire que désirer protéger son fils était une forme d'amour, mais elle devina qu'il n'était pas prêt à l'entendre. Ni même à le concevoir.

— Très bien, dit-elle au bout de quelques instants.

— Très bien ?

— Cela me suffit.

Cela lui suffisait-il vraiment ?

— Je suis résolu à faire fonctionner notre relation, déclara Nikos. Pour notre fils.

Il était « résolu ». Dans un sens, elle n'avait rien à lui reprocher. Il lui offrait bien davantage que ce que son propre père lui avait jamais offert. Et elle avait vu la profonde émotion qu'il avait éprouvée en tenant Daniel dans ses bras, alors sans doute était-ce une question de temps. Il finirait par s'apercevoir que ce qu'il ressentait pour son fils était bel et bien de l'amour, même s'il se croyait incapable d'aimer.

Quant à elle, elle manquait de distance vis-à-vis de Nikos. Tout avait commencé un an plus tôt, quand elle avait lu le mot qu'il lui avait laissé. La douleur éprouvée alors n'avait jamais disparu, surtout lorsqu'elle avait constaté qu'il ne cherchait pas à la contacter. Ce n'était pas la faute de Nikos, puisque son message ne lui était jamais parvenu. Mais cela ne diminuait en rien la souffrance.

Quoi qu'il en soit, Maggie devait maintenant s'interdire tout sentiment envers lui. Il avait été clair et lui avait répété à plusieurs reprises qu'il n'était pas capable d'y répondre. Sans Daniel, il ne lui aurait jamais proposé de l'épouser. Aussi devrait-elle se contenter de l'espoir qu'il finirait par aimer son fils. Même si ce jour était encore lointain.

— Moi aussi, j'y suis résolue, dit-elle d'un ton neutre.

Mais un goût amer lui resta sur les lèvres.

Le lendemain, en contemplant son reflet dans le miroir, Maggie eut l'impression de se trouver face à une étrangère. Une femme grande et svelte, avec une profusion de boucles auburn domptées et rassemblées en un chignon élégant.

Après les soins prodigués par l'esthéticienne, incluant une séance de manucure, elle avait été confiée à la maquilleuse qui avait su mettre en valeur la pâleur de son teint et ses yeux bleus.

Quant à la robe…

C'était la première fois que Maggie portait une robe longue. Celle qu'elle avait choisie avec l'aide de la styliste était noire, et très décolletée. La styliste n'avait rien voulu entendre, répétant que, lorsqu'on avait la chance d'avoir une belle poitrine, il fallait la montrer…

Le tissu lui moulait la taille, les hanches, avant d'onduler jusqu'à mi-mollets. Et, au moindre pas, la fente audacieuse dévoilait sa jambe gauche.

Maggie perçut tout à coup un mouvement derrière elle et remarqua la haute silhouette de Nikos qui se découpait sur le seuil de la pièce.

Il portait un smoking noir, comme lorsqu'elle s'était retrouvée face à lui pour la première fois, après lui avoir ouvert la porte de Kildare House. Il était aussi ténébreux, aussi somptueux que ce soir-là.

Lentement, il s'avança dans la pièce tandis qu'elle le regardait se rapprocher en retenant son souffle.

— Je savais déjà que tu étais belle…, dit-il en s'arrêtant à côté d'elle. Mais dans cette robe, tu es… bellissime.

— Tu n'es pas mal non plus, répliqua-t-elle.

— Merci, murmura-t-il avec cet impossible petit sourire en coin.

— Je… ne suis pas habituée à ce genre de réception, tu le sais.

Elle se sentait gauche, empruntée. Pas du tout à la hauteur.

Le sourire de Nikos s'éteignit. Il leva la main et lui effleura la joue.

— Je sais. Mais tout va bien se passer. Je te le promets. Tout le monde sera ébloui par toi.

— Je ne veux éblouir personne.

Personne, sauf lui.

Laissant retomber sa main, il se dirigea vers un guéridon et prit deux écrins qu'il avait dû y poser en entrant.

— Qu'aimerais-tu porter avec cette robe ? demanda-t-il en ouvrant l'un d'eux.

Maggie s'avança vers lui et s'immobilisa, fascinée

Des diamants… Un collier et des boucles d'oreilles assorties. Ainsi qu'un bracelet.

— Je n'ai pas les oreilles percées, dit-elle en levant les yeux vers Nikos.

— Pas de problème. Il reste la parure.

Après avoir sorti le collier de son écrin, il vint se placer derrière Maggie et le posa sur sa gorge, puis régla le fermoir.

Ensuite, il souleva sa main et lui fixa le bracelet autour du poignet. Il était lourd et froid.

— Et si je les perds ?

— Je préférerais que cela n'arrive pas, répliqua-t-il, une lueur malicieuse au fond des yeux.

Se tournant vers le guéridon, il souleva un écrin plus petit.

— Qu'est-ce que c'est ?

— Notre présence à cette soirée ayant principalement pour but de présenter ma fiancée au monde, il te faut une bague.

Elle retint un cri d'admiration. Jusqu'à présent, elle ne s'était jamais intéressée aux bijoux, mais la bague reposant sur le coussinet de satin blanc était une pure merveille : une émeraude carrée flanquée de petits diamants étincelants, le tout monté sur un anneau de platine.

— Elle est magnifique, murmura Maggie

— J'aurais pu te laisser la choisir, mais j'ai pensé que celle-ci serait parfaite.

Nikos la sortit de l'écrin, lui prit la main gauche et lui glissa l'anneau au doigt. La bague lui allait parfaitement.

— Comment as-tu su qu'elle m'irait ?

— J'ai eu de la chance, dit-il en lui lâchant la main.

Un frisson parcourut Maggie. Tout se mettait en place si facilement…

— Prête ? demanda Nikos en reculant d'un pas.

Elle hocha la tête.

— Qu'y a-t-il, Maggie ?

— Daniel… J'espère que tout ira bien.

Ce n'était pas la première fois qu'elle s'éloignait de lui, mais elle ne l'avait jamais laissé aussi longtemps. En outre, il se retrouvait dans un environnement complètement nouveau.

— Tu as confiance en Marianne, non ?

— Oui.

Aucune des nounous reçues en entretien n'avait convenu. Alors qu'elle discutait du problème avec Mathilde, celle-ci avait parlé de sa sœur jumelle, ancienne institutrice et retraitée depuis peu, qui s'ennuyait déjà. Quand elle l'avait rencontrée, Marianne lui avait plu d'emblée. Ainsi qu'à Daniel.

— Nous ne serons absents que quelques heures. Et Mathilde est là aussi. Par conséquent, tu n'as vraiment pas à t'inquiéter !

— Non, tu as raison.

— Alors allons-y. Plus tôt nous partirons, plus tôt nous serons rentrés.

Maggie passa la tête par la porte de la cuisine et vit Marianne qui, Daniel dans les bras, le regardait en faisant toutes sortes de mimiques, tandis que lui gazouillait gaiement en remuant ses petites jambes. Apercevant Maggie, Marianne lui adressa un petit signe de tête, lui signifiant par là qu'elle pouvait partir tranquille. Maggie se força à lui sourire alors qu'en réalité l'idée de s'éloigner aussi longtemps de son fils la mettait au supplice.

Une limousine noire les attendait devant l'hôtel. Il faisait encore chaud, le crépuscule commençait à tomber. Maggie monta à l'arrière du véhicule tandis que Nikos s'installait à côté d'elle. L'intérieur était somptueux, tout en cuir gris ardoise. Lorsque le chauffeur démarra et rejoignit l'avenue, les bruits du dehors furent comme étouffés, si bien que Maggie se sentit peu à peu protégée du monde extérieur, comme enveloppée dans un luxueux cocon.

Au moment où elle allait tourner les yeux vers la vitre,

elle remarqua que Nikos tambourinait sur sa cuisse musclée à un rythme saccadé.

Sans réfléchir, elle tendit la main et la posa sur la sienne.

Nikos baissa les yeux.

— Tu n'aimes pas les soirées mondaines ? demanda-t-elle.

Pour la première fois de sa vie, Nikos se rendit compte de sa propre réticence à la perspective d'entrer dans une salle bondée et de devoir… jouer un rôle. Comme il l'avait toujours fait.

Le rôle du petit-fils docile qui espérait se faire aimer de ses grands-parents. Celui de l'ado rebelle désireux de se faire remarquer par son père. Devenu adulte, il s'était employé à charmer, à sourire et à séduire pour passer le temps – et pour entretenir le mythe du play-boy irrésistible –, notamment lors des interminables soirées mondaines auxquelles il était convié.

Au lieu de gratifier Maggie d'une réponse lapidaire, il se surprit à répliquer :

— Me croiras-tu si je te dis que je ne les aime pas vraiment ? Que je ne les ai jamais aimées ?

Elle le regarda un instant en silence.

— Oui, je te crois. Pourquoi y vas-tu, dans ce cas ?

— Parce que c'est ce que l'on attend de moi, répondit-il en haussant les épaules. Cela faisait partie intégrante du monde dans lequel j'ai grandi, et rejoindre l'univers des affaires n'a fait que renforcer cette nécessité.

— Tu voudrais vraiment me faire croire que tu vis comme un supplice toutes ces soirées où tu es photographié en compagnie de femmes somptueuses ?

— Non, ce serait hypocrite de ma part, reconnut-il en lui prenant la main. Mais ces femmes ne sont pour moi que des conquêtes éphémères. Une source de divertissement.

Le visage de Maggie se rembrunit. Mais il fallait qu'elle

comprenne que, même s'ils s'apprêtaient à se marier, il n'était pas pour autant prêt à s'engager dans une relation profonde et sérieuse.

Soudain, elle détourna le regard, puis s'exclama avec effroi :

— Oh mon Dieu ! C'est là que nous allons ?

— Oui, acquiesça-t-il en regardant l'entrée brillamment éclairée de l'hôtel cinq étoiles devant laquelle pullulaient les paparazzis.

Maggie se tourna vers lui, le visage blême.

— Je ne me sens pas capable d'affronter tout ça…

Il lui reprit doucement la main et mêla ses doigts aux siens.

— Tu n'as presque rien à faire : tu me tiens la main et tu souris, c'est tout. Nous nous arrêtons pour les laisser prendre quelques photos, tu souris autant que tu peux, et le tour est joué, d'accord ?

Quand elle hocha la tête, l'air terrifié, Nikos fut à nouveau envahi par un sentiment de culpabilité. Il n'avait pas songé à ce que cela représenterait pour Maggie de participer à un tel événement. À présent, il se sentait… protecteur vis-à-vis d'elle, ce qui ne lui ressemblait pas.

— Détends-toi. Tout ira bien, je te le promets.

Maggie tremblait si fort que Nikos lui lâcha la main et lui enlaça la taille tandis qu'elle clignait des yeux, aveuglée par les flashs qui pleuvaient sur eux.

— Nikos ! Nikos !

Il se pencha vers elle et lui murmura à l'oreille :

— Très bien… Maintenant, souris et fais comme si tu posais pour eux tous les jours. Et mets ta bague en évidence.

Docilement, elle bougea légèrement la main de manière que sa bague soit visible et sourit. Les flashs crépitèrent de plus belle, accompagnés d'exclamations et de questions qu'elle ne comprit pas. En fait, elle préférait ne pas les comprendre…

— Ça va ? demanda Nikos en se tournant vers elle.

Maggie hocha la tête, étourdie par le bruit et les flashs. Puis, cramponnée au bras de Nikos, elle s'avança sur le tapis rouge et fut en partie soulagée quand ils se retrouvèrent dans l'immense salle de réception. Des serveurs tout en noir proposaient des flûtes de champagne doré. Nikos en prit une et la lui tendit. Maggie but une gorgée du liquide pétillant en songeant qu'il ne fallait pas qu'elle boive trop. Mais l'alcool lui fit du bien.

Au moment où Nikos se tournait vers elle pour lui dire quelque chose, un homme de haute taille, aussi imposant et ténébreux que lui, les rejoignit. L'inconnu était d'une beauté impressionnante, avec de grands yeux sombres. Il rappela vaguement quelqu'un à Maggie…

Quant à Nikos, il s'était raidi à côté d'elle.

— Maggie, je te présente Sharif. Mon frère aîné.

Elle n'avait pas rêvé. Il lui rappelait bien quelqu'un, et pour cause… À présent, elle voyait nettement la ressemblance entre les deux frères. Même noblesse de traits. Mêmes cheveux épais. Même air arrogant.

— Je suis ravi de faire votre connaissance, Maggie, dit Sharif en lui tendant la main. Et les félicitations sont à l'ordre du jour, si j'ai bien compris ? Non seulement vous allez épouser Nikos, mais grâce à vous j'ai un neveu ?

Maggie serra la main tendue en rosissant.

— Oui, merci. Il s'appelle Daniel. Et il a trois mois.

Lui lâchant la main, Sharif tourna brièvement les yeux vers son frère avant de répliquer :

— Je ferai bientôt sa connaissance, j'espère ? À l'occasion de votre mariage, peut-être ?

— Bien sûr, répondit Maggie. Il sera là.

Sharif enchaîna, à l'adresse de Nikos :

— Tu es toujours d'accord pour la tournée, ou tu veux que j'en parle à Maks ?

— Pas de problème de mon côté. Nous partons en voyage de noces et, ensuite, je retourne à mes activités professionnelles.

Après avoir acquiescé d'un bref hochement de tête, Sharif s'excusa et s'éloigna.

— À quoi faisait-il allusion en parlant de tournée ? Et pourquoi devrions-nous partir en voyage de noces ?

— Parce que notre mariage doit paraître authentique, aussi allons-nous passer quelques jours à Athènes. Quant à la tournée, il s'agit de divers événements organisés par le Marchetti Group à Rome, Madrid, Londres, Cannes et Monte-Carlo – comprenant entre autres le lancement d'un nouveau parfum. Il y aura également divers galas de charité et autres événements du même ordre. Nous préparons la couverture médiatique du treizième anniversaire du groupe qui sera célébré l'an prochain.

— Et tu comptais discuter de ce charmant programme avec moi ? répliqua Maggie en haussant un sourcil. Je sais que notre mariage est principalement une question d'image, mais j'apprécierais que tu me tiennes au courant de ce qui se passe.

— Oui, tu as raison, je suis désolé. Je n'ai pas l'habitude de devoir expliquer mon emploi du temps à quiconque.

Incroyable, ses excuses paraissaient sincères…

— Crois-tu qu'il soit envisageable d'emmener Daniel dans ce périple ? enchaîna-t-il.

— Si nous avons Marianne avec nous, ça devrait aller, répondit-elle, un peu radoucie. Quand il sera plus grand, ça deviendra plus difficile. Il nous faudra une résidence principale.

L'appartement parisien de Nikos ne correspondait pas vraiment à l'idée que Maggie se faisait d'une maison, mais peut-être s'habituerait-elle à cette nouvelle vie, avec le temps.

Dans l'immédiat, elle se trouva entraînée dans une succession de présentations, et s'efforça d'ignorer les regards curieux et les chuchotements qu'elle percevait sur son passage. Au début, elle essaya de se souvenir des noms des invités et des visages, puis renonça. Il y en avait trop…

Au bout de deux heures de bain de foule, Maggie sentit soudain la fatigue et l'inquiétude s'abattre sur elle. Comment allait Daniel ? Avait-elle eu tort de le laisser à Marianne une soirée entière ?

Alors qu'il bavardait avec deux invités, Nikos se tourna tout à coup vers elle, comme s'il avait perçu son désarroi.

— Tu veux rentrer ?

Avait-il remarqué qu'elle se balançait discrètement d'un pied sur l'autre parce qu'elle avait mal aux pieds dans ses escarpins ? Avait-elle trahi l'ennui qu'elle éprouvait depuis deux heures ?

— C'est possible ?

Il hocha la tête et lui attrapa sa main avant de fendre la foule en direction de la sortie.

— Tu t'es très bien débrouillée, dit-il en se frayant un passage parmi les invités.

— Tu trouves ? demanda Maggie, stupidement flattée par le compliment.

— Oui. Et je suis impatient de te féliciter d'une manière plus… personnelle, répliqua-t-il, le regard étincelant.

Quand ils furent installés à l'arrière de la limousine qui les attendait devant l'hôtel, Nikos lui prit la main sans dire un mot et la garda dans la sienne durant tout le trajet.

Elle devait se protéger, se répéta Maggie en s'efforçant de calmer les battements désordonnés de son cœur. De Nikos et d'elle-même. Sinon, elle irait droit à la catastrophe.

Dès que la voiture s'arrêta devant leur hôtel, il descendit et vint lui ouvrir sa portière.

Dans l'ascenseur qui montait vers le dernier étage, elle regarda résolument devant elle puis, une fois arrivée à l'appartement, elle se dirigea droit vers sa chambre et referma la porte derrière elle. Elle y resta adossée quelques instants, les yeux fermés et le souffle court, puis alla vérifier que Daniel dormait paisiblement dans son berceau.

Si elle ne voulait pas devenir un jouet entre les mains de Nikos, elle allait devoir faire *très* attention, se répéta Maggie quelques instants plus tard, en se dirigeant vers la salle de bains.

8.

Le jour du mariage, il faisait une chaleur étouffante à Paris, mais pas dans la limousine climatisée qui conduisait Maggie et Nikos à la mairie. Daniel et Marianne les suivaient dans un autre véhicule.

De toute évidence le romantisme n'était pas au programme, songea Maggie en tournant les yeux vers la vitre. Elle avait l'impression d'aller régler une simple formalité administrative.

— Pourquoi cet air renfrogné ?

Elle regarda Nikos. Depuis la soirée du gala, elle l'avait à peine vu. Il avait travaillé jusque très tard tous les soirs – ce qui, dans un sens, l'avait bien arrangée. D'un autre côté, elle n'avait pu s'empêcher de remarquer son absence et s'en voulait d'être incapable de ne pas penser à lui.

Pourtant, elle ne manquait pas d'occupations de son côté. S'installer avec Daniel. Veiller à ce qu'il y ait tout ce qu'il fallait pour lui. Arranger sa chambre pour qu'il s'y sente bien. Examiner les vêtements que la styliste avait fait ranger dans l'immense dressing. Maggie osait à peine toucher les étoffes douces et luxueuses des robes, tailleurs, chemisiers, pantalons, accessoires…

Elle avait aussi passé du temps à bavarder avec Mathilde et Marianne, qui étaient en passe de devenir ses amies.

Nikos la regardait en silence, attendant une réponse. Elle réussit à lui sourire.

— C'est un peu mieux. Tu n'es pas enchantée d'épouser l'homme de tes rêves ?

— Ah ? fit Maggie en regardant alentour. L'homme de mes rêves est là ? Où ? Je ne le vois pas…

Un petit rire franchit les lèvres de son fiancé.

— Ne me dis pas que tu attends toujours le prince barbant ?

— Il est un peu tard pour les regrets, répliqua-t-elle d'un ton léger. Et puis, quelqu'un m'a dit un jour que les regrets c'était pour les perdants.

— Ce quelqu'un devait être très intelligent !

Elle regretta de l'avoir provoqué. Cet échange lui rappelait le mot bref qu'il lui avait laissé, et le fait qu'ils se mariaient uniquement à cause de Daniel.

La voiture s'arrêta, et Nikos lui prit la main.

— Tu es ravissante, dit-il. Si tu veux mon avis, je n'avais jamais imaginé me retrouver dans cette situation, mais je suis content que ce soit avec toi.

Maggy soutint son regard en silence. Impossible de lui reprocher de la leurrer avec de faux espoirs et de fausses promesses !

Sans dire un mot, elle hocha la tête et attendit que le chauffeur lui ouvre sa portière. Nikos sortit de son côté et vint l'aider à descendre de voiture. Elle portait une veste courte, type boléro, sur une robe à la coupe sobre mais élégante, en soie blanc cassé et s'arrêtant juste au-dessous du genou, et des sandales en satin à bout ouvert et petit talon, à la Audrey Hepburn.

Côté coiffure, Maggie avait les cheveux rassemblés en chignon bouclé sur la nuque et arborait un petit chapeau agrémenté d'une courte voilette lui tombant devant les yeux. Comme bijoux, des boucles d'oreilles toutes simples – des perles de culture montées sur clip – et sa bague de fiançailles.

Voyant Marianne descendre du second véhicule avec Daniel, elle alla les rejoindre. Il était vraiment adorable, dans sa barboteuse du même bleu roi que le costume trois pièces de Nikos…

Elle sourit à Marianne qui lui répondit par un hochement

de tête bienveillant, puis revint vers Nikos et prit la main qu'il lui tendait, avant de s'avancer vers l'entrée de la mairie.

Dans la salle ouverte au public, il y avait un certain nombre de personnes, parmi lesquelles elle reconnut Sharif, à côté d'un homme aussi grand que lui, très mince, aux cheveux châtains coupés court, et d'une beauté stupéfiante. Maks, sans doute, accompagné d'une très jeune femme.

Trop nerveuse pour affronter les regards tournés vers elle, Maggie s'efforça de se concentrer sur la cérémonie qui, à la demande de Nikos, se déroulait en anglais, heureusement. Elle avait néanmoins décidé d'apprendre le français. Daniel grandirait partiellement en France et, étant grec et italien par son père, il serait ainsi un vrai petit Européen.

— Vous pouvez embrasser la mariée…

Quoi ? C'est déjà fini ?

Elle se tourna vers Nikos, qui lui souleva le menton et sourit.

— Sans regrets, madame Marchetti.

Sur ces mots, il pencha la tête et l'embrassa. La chaleur se répandit aussitôt en elle, annihilant toutes ses défenses.

Au moment où ils allaient sortir de la mairie quelques minutes plus tard, Nikos resserra les doigts autour des siens.

— Il y aura des photographes. Mais pas autant que l'autre soir.

— Un baiser ! cria l'un d'eux au même instant.

Maggie comprit vite ce que cela voulait dire, car Nikos l'attira aussitôt contre lui et l'embrassa de nouveau tandis que les flashs les mitraillaient.

Quand ils arrivèrent dans l'un des hôtels les plus luxueux du Marchetti Group, elle était en proie à un mélange de nervosité et d'excitation insensées.

— Ainsi, vous êtes Maggie ?

Elle se retourna, un sourire artificiel aux lèvres, et se retrouva face à l'homme qu'elle avait remarqué en arrivant à la mairie, à côté de Sharif.

— Oui, et vous devez être Maks ? acquiesça-t-elle en lui tendant la main.

— Exactement.

Maks ressemblait à ses frères tout en étant très différent d'eux. Il était plus réservé que Nikos et Sharif. Et il avait de beaux yeux gris au regard intense.

— Je devrais vous souhaiter la bienvenue dans la famille, enchaîna-t-il. Mais, pour cela, il faudrait que nous formions une cellule familiale un peu plus soudée.

Sans lui laisser le temps de réagir, il tourna les yeux sur sa gauche.

— Je vous présente ma petite sœur, Sasha.

Maggie contempla la jeune femme qu'elle avait prise pour sa compagne. Elle était très jolie mais faisait apparemment tout pour dissimuler sa beauté, portant une jupe longue à la coupe quelconque et un chemisier à col Mao.

— Vous vous ressemblez.

— Nous tenons tous les deux de notre mère. Nikos et Sharif ont davantage hérité des gènes des Marchetti. Sasha n'a pas le même père que nous – elle a eu de la chance, de ce côté-là.

— Tu racontes des bêtises à ma femme, Maks ?

La voix de Nikos fit tressaillir Maggie, l'empêchant de s'interroger sur le sens des paroles de son benjamin.

Maks sourit, mais son regard demeura distant.

— Pas du tout. Je lui souhaitais la bienvenue dans l'équipe !

— Désolé, je vais devoir te la prendre, coupa Nikos. Nous partons bientôt en lune de miel.

— Bon voyage, répliqua Maks en inclinant la tête. Et mes meilleurs vœux de bonheur à tous les deux !

Après avoir pris congé, ils sortirent de l'hôtel et s'avancèrent vers la limousine. Marianne était partie plus tôt avec Daniel et devait déjà se trouver à bord du jet privé.

— Maks m'a expliqué, pour Sasha… Je sais qu'elle n'est pas ta sœur.

Il tourna brièvement la tête vers elle.

— Je ne l'ai pas vue grandir, en tout cas. Il y en a au moins une qui a eu de la chance.

— Maks a dit la même chose ou à peu près. Ton père était donc si terrible ?

Un rire bref et dur s'échappa des lèvres de Nikos.

— Oui. La seule chose qu'il nous ait donnée, c'est un héritage que nous devons entretenir et développer.

— C'est dommage que vous ne soyez pas proches les uns des autres. Moi, je n'avais que ma mère et j'ai toujours regretté de ne pas avoir de frères et sœurs. Je n'ai même pas de cousins !

Et elle avait toujours envisagé d'avoir plusieurs enfants. Ce qu'elle se garda bien de dire à voix haute.

Nikos détestait qu'on l'interroge sur sa vie personnelle – en particulier sur ses relations avec ses demi-frères – mais, Maggie étant désormais sa femme, il lui devait quelques explications.

— Notre père a tout fait pour que nous restions éloignés les uns des autres. Sans doute pour nous empêcher de nous unir contre lui. Je crois qu'il craignait que nous soyons plus doués que lui. Tout en désirant que nous lui succédions, il ne nous a pas vraiment laissés prendre les rênes, avant de mourir.

Il se tourna vers elle.

— Qu'as-tu pensé de mes frères ?

— Maks est quelqu'un d'intense. Sharif est impénétrable.

— Et moi ?

— Charmant…, commença Maggie en rosissant. Mais tu caches quelque chose de beaucoup plus profond. Le soir où tu es arrivé à Kildare House, j'ai d'abord cru que tu étais ivre. Pourtant tu ne l'étais pas du tout.

Décidément, elle était très perspicace.

— La seule chose que nous ayons en commun, dit-il pour couper court, c'est que notre père nous a tous laissés tomber.

— C'est triste.

— Tu trouves ? Il vaut peut-être mieux savoir très tôt sur qui on peut compter dans la vie.

Aussi luxueux que celui de Paris, l'hôtel, un majestueux bâtiment de style néoclassique, était situé dans un quartier huppé d'Athènes et l'appartement avec terrasse offrait un panorama grandiose au centre duquel trônaient l'Acropole et le Parthénon.

Peu après son arrivée, Maggie avait confié Daniel à Marianne et, comme Nikos l'emmenait dîner au restaurant, elle était allée se préparer.

Après avoir choisi un pantalon et un haut de soie assorti, elle avait décidé de laisser ses cheveux boucler librement sur ses épaules, ravie de se débarrasser de toutes ces épingles à chignon qui lui faisaient mal au crâne…

Elle avait regagné le salon depuis un moment et contemplait la vue superbe lorsque Nikos vint la rejoindre.

— Excuse-moi, j'ai dû répondre à un appel.

Il avança vers elle en ajustant un bouton de manchette. Il s'était changé lui aussi et portait un costume gris acier dont la coupe faisait ressortir ses larges épaules et ses hanches étroites.

Il s'arrêta et laissa lentement descendre son regard sur son buste, son ventre…

— Tu es ravissante.

— Merci, murmura-t-elle en baissant les yeux.

Elle n'était toujours pas habituée aux compliments. Et ne s'y habituerait sans doute jamais.

— Prête ?

— Il y aura des paparazzis ?

— Probablement.

Maggie retint un soupir. Il faudrait bien qu'elle s'y fasse…

— Tu as envie d'aller danser ?

— Danser ? répéta-t-elle en regardant Nikos, assis en face d'elle.

— Oui, danser, dit-il en se penchant légèrement en avant. Dans un club.

Le cœur de Maggie s'emballa. Le restaurant chic tout en verre offrait une vue panoramique sur la ville, et le Parthénon éclairé se détachait sur le ciel violet. La nourriture était exquise. Jamais elle n'avait rien mangé d'aussi délicieux.

Une belle lumière dorée baignait l'espace raffiné. La soirée avait quelque chose de… féerique. Et, maintenant, Nikos lui proposait d'aller danser ?

Tous les regards s'étaient tournés vers eux au moment où ils étaient entrés dans la vaste salle. Troublée, elle avait trébuché sur ses hauts talons mais Nikos lui avait aussitôt posé la main sur les reins pour la stabiliser.

Ce soir, Maggie avait l'impression de succomber une seconde fois à son charme, mais de manière différente.

— Pourquoi veux-tu m'emmener danser ? demanda-t-elle en reposant sa serviette sur la table.

Une lueur indéchiffrable traversa le regard sombre, puis Nikos s'adossa à sa chaise.

— Tu veux que je te réponde franchement ? Pour deux raisons. Primo, parce que j'aimerais danser avec toi, et secundo, pour qu'on nous voie – et que des clichés circulent sur les réseaux sociaux.

Évidemment ! Elle oubliait que tout convergeait vers ce but : être vus. Même le dîner dans ce restaurant.

— D'accord, dit Maggie, faussement désinvolte.

À sa place, toute autre femme aurait accepté sa proposition avec empressement, voire avec enthousiasme, songea Nikos tandis qu'ils quittaient le restaurant.

Mais il avait beau se concentrer, il ne parvenait même plus à se rappeler quel type de femmes il désirait naguère.

Car il n'en désirait plus qu'une seule. Maggie. *Sa* femme.

Une sensation de malaise le gagna, qu'il refoula aussitôt. Quoi que lui inspirât Maggie, c'était une bonne chose de désirer sa femme, non ? Il voulait que leur mariage fonctionne. Il voulait être un bon père pour Daniel.

Quant à envisager quelque chose de plus profond… Il ignorait s'il en était capable.

À l'entrée du club, situé non loin du restaurant, Nikos fut accueilli comme une célébrité. À l'intérieur, Maggie découvrit un espace immense, circulaire, dominé au premier étage par des loges réservées aux VIP. De là-haut, on pouvait regarder les danseurs évoluer sur la piste au rythme d'une musique que Maggie sentait résonner partout en elle.

Nikos se leva de son fauteuil recouvert de velours pourpre et lui tendit la main.

— Viens.

— Là, en bas ? répliqua-t-elle en posant son cocktail sur la table basse. Avec tous ces gens ?

Il hocha la tête en silence, la main toujours tendue vers elle.

Au moment où ils arrivaient sur la piste de danse, la musique changea, prenant une tonalité plus langoureuse. Ce qui ne valait pas mieux, songea Maggie, redoutant plus que tout de se ridiculiser. Mais, lorsque Nikos l'attira contre lui, ses craintes se focalisèrent sur un risque bien différent : celui que son mari se rende compte de l'effet qu'il produisait sur elle.

Les mains posées sur ses hanches, il l'enlaça encore plus étroitement, leurs corps s'épousant à la perfection tandis qu'ils commençaient à onduler.

Sans réfléchir, elle enroula les bras autour du cou de Nikos. La chaleur et le désir pulsaient dans les moindres cellules de son corps. Renversant la tête en arrière, elle le regarda. Dans ses yeux, les pépites dorées étincelaient.

Les autres danseurs n'existaient plus. Elle et lui étaient seuls dans une bulle. Lentement, il pencha la tête, s'arrêta une fraction de seconde, puis referma la bouche sur la sienne.

La musique coulait en Maggie, les mains de Nikos lui caressaient le dos à travers la soie, faisant naître des ondes brûlantes qui couraient sur sa peau.

Brusquement, elle redescendit sur terre, écarta la bouche de la sienne et regarda autour d'elle, le souffle court.

— C'est aussi pour alimenter les réseaux sociaux ?

Il secoua la tête.

— Non. C'est parce que j'ai envie de toi, à en mourir. Viens. Allons-nous-en !

Après être repassés par la loge pour récupérer leurs affaires, ils sortirent rapidement du club.

Une fois de retour à l'appartement, Nikos referma la porte et se retourna vers elle, les yeux brillants.

— J'ai envie de toi, répéta-t-il, la voix rauque.

Le désir submergea Maggie. Elle brûlait de s'y abandonner. De se livrer corps et âme à Nikos. Mais elle devait résister. Elle avait besoin d'espace et de temps pour assimiler les changements qui se succédaient dans sa vie, sinon elle se perdrait complètement.

— Je suis très fatiguée, dit-elle en secouant la tête. Je vais me coucher.

Il se rapprocha, elle respira les effluves épicés.

— C'est notre nuit de noces, Maggie. Et je veux faire l'amour à ma femme. Même si je ne m'attendais pas du tout à me marier – et à désirer mon épouse.

Ces paroles étaient exactement celles qu'elle avait besoin

d'entendre. Il ne s'agissait pas d'une vraie nuit de noces. Or Maggie réalisait soudain qu'elle aurait aimé que cela en fût une. Si Nikos la touchait maintenant, il s'en apercevrait.

— La journée a été longue, répliqua-t-elle en reculant d'un pas.

— Ne joue pas à cela avec moi, dit-il, les lèvres pincées.

— Je suis sincère, Nikos. J'ai vraiment besoin de me reposer.

Il leva la main et lui effleura doucement la joue. Maggie sentit son corps réagir aussitôt, avides de caresses.

— Tu es sans doute sincère, mais tu deviendras vite aussi experte dans l'art de mentir que toutes les autres femmes, j'en suis certain.

— Tu n'es jamais fatigué d'être aussi cynique et aussi désabusé ? riposta Maggie en tournant vivement la tête.

Il laissa retomber son bras et éclata d'un rire sombre et désenchanté.

— Ce n'est rien, comparé à ce que j'ai pu être, crois-moi ! Tu m'affectes trop, Maggie. Tu m'embrouilles l'esprit. Tu as fait de moi ton esclave – tu es contente ? Depuis que je t'ai rencontrée, je suis incapable de m'intéresser à une autre femme.

Elle mit un certain temps à enregistrer ce qu'il venait de dire.

— Je te l'ai déjà dit, poursuivit Nikos. Tu m'as obsédé pendant un an. À cause de toi, je n'ai désiré aucune autre femme. Je ne voulais que toi. Mais je ne te forcerai jamais à faire quoi que ce soit contre ton gré, Maggie. Et je le répète : les petits jeux de séduction ne m'intéressent pas.

Contre toute attente, il tourna les talons et s'éloigna. Maggie le regarda s'en aller en s'interdisant de le rappeler et de lui dire qu'elle avait changé d'avis, même si elle brûlait de le faire.

Lorsque, le lendemain matin, elle arriva dans le salon avec Daniel, Nikos était déjà parti. Mais il lui avait laissé un mot et un luxueux Smartphone tout neuf.

Ton nouveau téléphone. Je t'ai envoyé un SMS. N.

Elle souleva l'appareil et lut son message.

Nous sommes invités à une soirée. Il faudrait partir à 18 heures. OK pour toi ?

Il lui demandait son avis, cette fois. Il ne lui donnait pas d'ordre. *C'est déjà ça…*, songea Maggie en répondant brièvement au SMS.

Oui. Pas de problème.

En fait, ils partirent en hélicoptère car la soirée avait lieu sur une petite île pour fêter les quatre-vingts ans d'un vieil ami des grands-parents de Nikos.

Maggie prit beaucoup de plaisir à participer à l'événement qui se déroula en toute simplicité, et sans aucun paparazzi à l'horizon.

Dès leur retour à l'appartement, elle ôta ses hauts talons, puis se tourna vers Nikos. La chemise ouverte, la veste nonchalamment posée sur l'épaule, il dégageait une telle aura de sensualité qu'elle faillit céder au désir qui la consumait.

— J'ai apprécié Alexiou, dit-elle d'un ton dégagé. Il est adorable.

— Lui aussi il t'a appréciée, ce vieux don Juan…

— Il ne s'agissait pas du tout de cela ! protesta Maggie en levant les yeux au ciel. Il t'aime vraiment, tu sais ? Et j'ai bien vu que tu lui étais très attaché.

Le sourire disparut, remplacé par une expression neutre.

— Il a été gentil avec moi.

— C'est davantage que de la gentillesse. Il te considère comme un membre de sa famille.

Brusquement, elle repensa à l'attitude de Nikos durant toute la soirée. Jamais elle ne l'avait vu aussi détendu. Il paraissait chez lui. De toute évidence, il éprouvait un profond attachement pour leur hôte. C'était Alexiou qui avait été son vrai grand-père, réalisa Maggie.

Ce constat lui fit un choc. Chaque fois qu'elle découvrait un nouvel aspect de la personnalité de Nikos, il se révélait plus complexe, et cela renforçait son sentiment de devoir se protéger de lui.

Tout à coup, Maggie se sentit encore plus vulnérable et recula, terrifiée à la pensée qu'il puisse la toucher, ou soupçonne sa vulnérabilité.

— Je vais aller prévenir Marianne que nous sommes rentrés, dit-elle à la hâte.

Quand elle se détourna et s'éloigna dans un bruissement de soie, ses escarpins à la main, Nikos dut faire un effort surhumain pour ne pas la supplier de rester avec lui. « Il te considère comme un membre de sa famille », avait-elle dit à propos d'Alexiou. Foutaises ! Il n'avait pas besoin de famille. Mais, à présent, il en avait une, qu'il le veuille ou non : Maggie et Daniel.

Pour la première fois de sa vie, il se voyait forcé d'admettre que ses propres besoins ne passaient pas avant ceux d'autrui. Et il devait reconnaître que, même s'il la désirait comme un fou, le regard de Maggie était bien trop perspicace – et dangereux. Elle semblait lire jusque dans son âme. Ainsi avait-elle perçu les émotions qu'il éprouvait toujours lorsqu'il retrouvait son vieil ami.

Alexiou avait toujours été là pour lui. Chaque fois que ses affaires le conduisaient en Angleterre, il venait le voir au pensionnat, alors qu'à l'époque Nikos était un adolescent en colère et renfrogné. Alexiou lui ébouriffait affectueusement les cheveux en disant : « Tu ne peux pas indéfiniment repousser tout le monde, Nikky. Tôt ou tard il faudra que tu te laisses approcher par quelqu'un, sinon tu mourras seul, comme moi. »

Lorsque Alexiou s'en allait, une douleur sourde étreignait le cœur de Nikos. Et il espérait toujours le voir revenir. Même s'il n'avait pu s'empêcher de tout faire pour repousser son seul ami. Mais Alexiou était toujours revenu. Comme il ne s'était jamais marié et n'avait pas eu d'enfant, Nikos savait qu'il le considérait un peu comme son petit-fils.

Il poussa un juron et se dirigea vers sa chambre en se maudissant. Il n'avait vraiment pas besoin d'une séance d'introspection, bon sang ! Ce qu'il lui fallait, c'était une douche froide pour anéantir le désir et les émotions qui lui nouaient le ventre.

9.

— Tu es… superbe.

— Merci, murmura Maggie. Toi aussi.

En smoking blanc et nœud papillon noir, Nikos était d'une beauté… scandaleuse.

— Prête à partir ?

Elle hocha la tête et s'avança vers lui. Ce soir-là, elle avait opté pour une robe en velours bleu nuit moulante, à manches longues ajustées, au décolleté sage sur le devant et avec le dos nu. Ce que Nikos n'avait pas encore remarqué. Maggie s'était fait une queue-de-cheval haute, et ses cheveux bouclés lui caressaient la peau au moindre mouvement. Comme bijoux, elle portait des clips d'oreilles en or gris ornés d'un saphir entouré de petits diamants et un bracelet assorti.

Quand elle arriva à la hauteur de Nikos, il s'avança à ses côtés en lui posant la main sur les reins avant de s'arrêter net.

— Bon sang !

— Qu'y a-t-il ?

— Ta robe… Elle est…

— Dos nu ?

Il la regarda, les mâchoires crispées.

— La styliste m'a assuré qu'elle était parfaitement décente.

De plus, Maggie avait vu des photos de Nikos accompagné de femmes en tenues beaucoup plus osées…

— Il n'y a aucun problème. Viens, il est temps de partir.

Devant l'hôtel, la limousine les attendait, et le chauffeur se faufila bientôt dans la circulation dense.

Ils étaient arrivés à Rome tôt le matin et repartiraient le lendemain pour Madrid. L'appartement romain de Nikos était aussi somptueux que les précédents et, cette fois, les baies vitrées offraient des vues spectaculaires sur le Colisée.

Nikos s'était absenté toute la journée car il avait des rendez-vous importants, naturellement. Comment comptait-il instaurer une relation avec son fils s'il ne passait pas un peu de temps avec lui ? s'était demandé Maggie en le regardant s'en aller. Avant de partir, il avait baissé brièvement les yeux sur Daniel qu'elle tenait dans ses bras, avant de les détourner aussitôt. Comme d'habitude.

Cependant, elle ne perdait pas espoir. Même si, depuis la fois où il l'avait pris dans ses bras, Nikos n'avait plus jamais touché son fils.

La limousine se gara devant le majestueux palais de la Renaissance où avait lieu le bal de charité organisé par une association qui œuvrait pour les sans-abri et les déshérités, et dont le Marchetti Group était l'un des principaux donateurs.

Ils traversèrent une cour pavée avant de pénétrer dans une salle immense aux murs recouverts de fresques magnifiques éclairées par des centaines de bougies, dont les flammes se reflétaient dans de hauts miroirs.

— Que c'est beau ! murmura Maggie

— Tu trouves ? répliqua Nikos, l'air blasé.

— Je sais que tu es habitué au luxe, mais ne me dis pas que la beauté de cet endroit te laisse indifférent ?

— La première fois que je suis venu à Rome, commença-t-il d'un ton neutre, j'étais trop concentré sur mon désir de revendiquer mes droits dans l'entreprise et sur celui d'agacer mon père pour faire du tourisme.

— Et après sa mort ?

— J'avais une réputation à entretenir et je travaillais dur.

— Nikos Marchetti ! Je vous cherchais !

— Ravi de vous voir, comte Pizzoli. Je vous présente ma femme, Maggie.

Ensuite, les présentations s'enchaînèrent à un rythme épuisant, laissant peu de répit à Maggie. Au bout de deux heures, elle se sentait si lasse qu'elle n'avait qu'une envie : rentrer à l'hôtel et passer le reste de la soirée avec Marianne et Daniel.

Du coin de l'œil, elle vit Nikos, qui bavardait avec un homme d'affaires partenaire de la holding, s'excuser auprès de celui-ci et se tourner vers elle au moment où elle refusait la coupe de champagne que lui proposait un serveur.

Sans dire un mot, il la regarda dans les yeux, avec une telle intensité que Maggie frémit au plus intime de son corps.

La chaleur familière se déploya en elle, le désir l'incendia tout entière.

Il ne l'aimait pas, il ne l'aimerait peut-être jamais, mais il la désirait.

Et elle le désirait aussi.

Cela pourrait-il suffire ? Elle savait qu'en tentant d'éteindre le feu qui les consumait tous deux elle se livrait à un combat perdu d'avance…

Maggie ferma brièvement les yeux, puis s'avança d'un pas et s'appuya contre lui. Ce fut aussi facile que cela.

— Je craignais d'être attirée par toi à cause de ton charisme et de ton pouvoir, dit-elle en renversant légèrement la tête en arrière. Ma mère répétait que c'était ça qui l'avait éblouie, jusqu'à ce qu'elle comprenne quel homme était vraiment mon père… Mais, après avoir rencontré tous ces gens ce soir, je sais qu'il ne s'agit pas de cela. Ils ont du charisme et du pouvoir, mais ils ne possèdent ni bienveillance ni gentillesse.

— Serais-tu en train de me dire que tu m'apprécies pour *moi-même* ? fit-il avec un petit sourire moqueur.

— Serait-ce si terrible ? riposta Maggie du tac au tac.

— Je t'ai déjà dit que je n'étais pas un type gentil.

Il avait prononcé ces paroles avec légèreté, mais elle le sentit se raidir contre elle.

— Peut-être, mais cela ne change rien à ma façon de te percevoir.

— Ne te leurre pas, Maggie, répliqua-t-il en plissant les yeux. Ne me crois pas différent de tous ces gens. Je suis l'un d'entre eux. Leur univers est le mien. Tu essaies de m'inclure dans ta vision romantique d'un avenir heureux, mais je ne suis pas celui que tu imagines, tu le sais très bien.

— Ne me dis pas ce que je dois penser et ressentir, Nikos, répliqua-t-elle, blessée par son cynisme. Nous devrions peut-être plutôt voir concrètement quel genre d'avenir nous pouvons envisager avant d'y renoncer, tu ne crois pas ?

Maggie se dégagea et voulut s'éloigner, mais il lui saisit le poignet et, l'instant d'après, elle se retrouva de nouveau dans ses bras. Sans lui laisser le temps de protester, il pencha la tête et l'embrassa à pleine bouche.

Au début, elle résista, de toutes ses forces. En vain. Le désir la faisait déjà fondre.

Ils s'écartèrent l'un de l'autre au même instant, le souffle court, le cœur battant la chamade.

— Je te veux, dit Nikos. Maintenant.

— Moi aussi.

Lui prenant la main, il l'entraîna à travers la foule. Tout le monde devait comprendre pourquoi ils partaient, ce qu'ils allaient faire…, songea Maggie, les joues en feu.

Dès qu'ils furent installés à l'arrière de la limousine, Nikos dit quelque chose au chauffeur, appuya sur un bouton, et la cloison de séparation devint aussitôt opaque.

Le véhicule démarra en douceur. Nikos se tourna vers Maggie et la souleva par la taille avant de l'installer sur lui. Leurs bouches se joignirent d'elles-mêmes.

Soudain, Nikos la repoussa, les yeux brillant de reflets mordorés.

— Me croiras-tu si je te dis que je suis plus délicat que cela, d'habitude ?

— Je m'en fiche.

Il la saisit par les hanches et la souleva.

— Remonte ta robe.

Lorsque Maggie sentit la puissante érection contre son sexe, elle poussa un gémissement

— Je veux te voir…, dit-il, la voix rauque.

Saisissant le haut de sa robe, il la fit glisser sur ses épaules, lui dénudant les seins qu'il prit dans ses mains pour en mordiller les pointes l'une après l'autre, faisant fuser le plaisir partout en elle.

Les mains tremblantes, Maggie déboutonna son pantalon, fit descendre la fermeture Éclair. Mais quand elle voulut prendre son pénis, Nikos écarta sa main, repoussa la minuscule culotte de soie et caressa l'endroit où elle palpitait pour lui. Puis, soudain, il dit quelque chose en grec que Maggie comprit d'instinct. Prenant appui sur les solides épaules, elle se laissa couler sur le membre viril jusqu'à ce qu'il soit complètement enfoui en elle.

Faire l'amour là, à l'arrière de la limousine roulant dans les rues de Rome, exacerbait le plaisir qui la submergeait. Il y avait quelque chose de… décadent dans leur étreinte.

Les mains agrippées aux larges épaules de son amant, elle essaya de contrôler ses mouvements, d'instaurer un lent va-et-vient. Nikos la tenait par la taille et la guidait. L'expérience était d'un érotisme torride…

Elle ne tiendrait pas longtemps.

Au même instant, Nikos la prit par les hanches et donna un vigoureux coup de reins. Elle s'envola, encore et encore, tandis que son amant s'abandonnait à son tour à la jouissance et répandait sa semence en elle.

Nikos ne voulait plus jamais bouger.

Qu'est-ce qu'il lui arrivait, bon sang ?

Leurs deux corps étaient encore soudés, son membre enfoui dans la merveilleuse chaleur de Maggie affalée sur lui.

Délicatement, il se retira et tressaillit, envahi par une sensation de froid. Maggie émit un petit gémissement de protestation, mais il s'interdit de la reprendre dans ses bras comme il brûlait de le faire et remonta la robe sur ses épaules.

Elle se rassit sur la banquette et se blottit contre lui comme un chat. Nikos lui passa un bras autour des épaules avant de se rendre compte qu'il ne s'était encore jamais autorisé ce genre de comportement.

Avant.

À présent, Maggie était sa femme, et cela changeait tout. Il n'y avait pas d'autre explication.

Lorsqu'elle se réveilla le lendemain matin, Maggie entendit Daniel gazouiller dans sa chambre, puis la voix enjouée et douce de Marianne qui lui répondait. Elle resta allongée sur le dos un long moment, repensant à la frénésie qui s'était emparée d'eux la veille au soir, à leur folle étreinte, à l'arrière de la limousine… À l'ardeur avec laquelle elle avait chevauché Nikos…

Il avait dû la porter pour aller de la voiture à l'appartement. Elle avait les jambes si faibles qu'elle ne tenait pas debout. Au moment où il l'avait allongée sur son lit, Maggie avait levé les bras pour l'attirer vers elle, quand Daniel avait poussé un petit cri dans la chambre voisine.

C'était Nikos qui l'avait repoussée et s'était redressé en disant qu'elle devrait aller voir son fils, se souvint-elle, les joues en feu.

Quelques heures plus tard, ils partiraient pour Madrid, mais sans Marianne qui devait retourner à Paris à cause d'un petit problème familial. Elle les rejoindrait à Londres, prochaine étape après Madrid.

Dans un sens, Maggie était contente de devoir s'occuper seule de Daniel. Elle ne sortirait pas ce soir avec Nikos – et n'aurait pas à s'efforcer de dissimuler que, chaque fois qu'elle se retrouvait seule avec lui, son désir ne faisait que croître…

Nikos rentra à l'appartement peu après minuit. Maggie lui avait manqué, s'avoua-t-il, irrité de s'être habitué aussi vite à sa présence.

Il desserra son nœud de cravate, déboutonna les premiers boutons de sa chemise et ôta sa veste qu'il laissa tomber dans un fauteuil. Après s'être servi un whisky, il ouvrit la porte-fenêtre de la terrasse et s'immobilisa en entendant un petit cri étouffé. Daniel…

Faisant demi-tour, il posa son verre sur le bar, s'avança dans le couloir et s'arrêta devant la chambre de Maggie en entendant Daniel gazouiller. Sans réfléchir, il ouvrit la porte de la pièce plongée dans la semi-pénombre. Maggie dormait, allongée sur le dos, les cheveux épars autour de son visage.

Nikos se dirigea vers le berceau. Couché sur le dos lui aussi, Daniel avait les yeux grands ouverts et lui tendait les bras.

Délicatement, Nikos lui posa la main sur le ventre et, au même instant, le bébé lui sourit.

Il eut l'impression de tomber dans un précipice, sans rien à quoi se raccrocher. La sensation était exaltante et terrifiante à la fois. Poussé par son instinct, il glissa les mains sous le petit corps chaud de son fils et le souleva, puis l'appuya doucement contre sa poitrine.

Sans faire de bruit, il sortit de la chambre et retourna au salon avant de rester immobile au milieu de la pièce à regarder son fils. Une sorte d'émerveillement le saisit, chassant tout le reste.

Dès que Maggie se réveilla, elle sentit que quelque chose n'allait pas. Quand elle vit que le berceau était vide, elle bondit hors du lit.

Marianne était à Paris et Nikos était sorti.

Où était Daniel ?

Se précipitant hors de la chambre, elle longea rapidement le couloir et s'arrêta net sur le seuil du salon.

Nikos était debout à l'entrée de la terrasse, juste derrière la porte-fenêtre, la tête de Daniel posée dans le creux de son bras.

Fascinée, elle les regarda en retenant son souffle et entendit Nikos parler à son fils d'une voix douce – en grec ? En italien ? Que lui disait-il ? Peu importait. Nikos tenait son fils dans ses bras… Cela seul comptait.

Au bout d'un long moment, elle s'avança vers eux. Sentant sa présence, Nikos se retourna.

— Il était réveillé. Je n'ai pas voulu te déranger…

— Tu as bien fait, répliqua-t-elle en souriant. Merci.

Au son de sa voix, Daniel se mit à pleurer, et Nikos la regarda, l'air confus.

— Qu'est-ce que j'ai fait ?

— Rien, dit Maggie en prenant doucement son fils. Il a faim, c'est tout. C'est pour ça qu'il s'est réveillé. Grâce à toi, j'ai gagné quelques minutes de sommeil.

— Tu as besoin de quelque chose ? demanda Nikos.

— Non, merci. Comment s'est passée ta soirée ?

— Tu m'as manqué.

Le cœur de Maggie fit un petit bond.

— Je suis sûre que ce n'est pas vrai.

Il la dévisagea un instant en silence tandis qu'une lueur indéchiffrable traversait son regard.

Lorsqu'une demi-heure plus tard Maggie recoucha Daniel après l'avoir allaité puis changé, il s'était déjà rendormi.

De son côté, elle était bien réveillée, à présent, et ne pouvait s'empêcher de revoir en pensée Nikos avec son fils dans les bras.

Il devait avoir regagné sa propre chambre, mais elle retourna néanmoins au salon. Il y était encore, étendu sur le canapé, les chaussures posées sur le tapis, un bras remonté au-dessus de la tête.

Dormait-il ?

Maggie traversa la pièce sur la pointe des pieds et ferma la porte-fenêtre. Nikos n'avait pas bougé. Quand elle vit qu'il dormait, elle résista au désir de lui effleurer les lèvres du bout des doigts et recula d'un pas.

Mais, au moment où elle s'apprêtait à s'en aller, il tendit le bras et saisit sa main.

— Où vas-tu ? demanda-t-il d'une voix rauque.

— Je croyais que tu dormais.

Nikos la fit asseoir à côté de lui, puis se redressa en s'appuyant sur un coude. De sa main libre, il déboutonna la chemise de nuit qu'elle venait à peine de refermer.

Le regard rivé au sien, il passa la main sous le coton blanc et la referma sur son sein. Maggie était nue sous sa chemise de nuit, et il s'en aperçut en glissant les mains sur ses cuisses…

Ensuite, tout alla très vite : elle déboutonna fébrilement sa chemise blanche tandis qu'il soulevait les hanches pour se débarrasser de son pantalon. L'instant d'après, il la pénétrait de son membre puissant.

Les mains appuyées sur son torse musclé, elle le chevaucha, un peu hésitante d'abord, puis avec de plus en plus d'audace.

Comme Nikos lui caressait les seins, puis redressait la tête pour en aspirer les pointes entre ses lèvres, elle sentit le plaisir monter en elle, et la chevauchée devint plus sauvage. Elle renversa la tête en arrière, comme pour supplier son amant de la faire jouir.

Quand il referma les mains sur ses hanches et prit le contrôle, accélérant la cadence de l'enivrant va-et-vient, la jouissance déferla en elle, si intense que Maggie s'y abandonna dans un cri.

— Il ne va pas se casser, n'aie pas peur ! s'exclama Maggie en riant. Prends ses jambes dans ta main et soulève-le… Oui, comme ça… Maintenant, assure-toi que sa peau est propre et bien sèche.

La concentration qui se lisait sur les traits de Nikos lui donnait un air franchement comique. Il plaça Daniel sur la couche, la remonta entre ses jambes, puis fixa les attaches de chaque côté du ventre.

— J'ai réussi !

Au bout de dix tentatives.

Et grâce à Daniel qui avait fait preuve d'une patience exemplaire. Comme s'il comprenait que son père faisait de gros efforts.

— Oui, bravo !

Nikos enfila le babygro et le boutonna, avant de soulever son fils et de l'installer sur son bras en veillant à ce que sa tête soit bien calée dans le creux. Puis il sortit de la chambre.

Lorsqu'elle le suivit quelques instants plus tard, Maggie aperçut Marianne qui, immobile au bout du couloir, la regardait d'un air stupéfait.

Tout juste de retour de Paris, Marianne était surprise, évidemment…

Ils étaient arrivés à Londres le matin même et, à bord du jet, Nikos avait donné le biberon à Daniel. Et lorsque, peu après, le bébé avait vomi sur son épaule, il n'avait fait aucun commentaire, se contentant de changer de chemise.

Ensuite, durant le trajet de l'aéroport à l'hôtel, Maggie l'avait entendu prévenir un assistant qu'il n'assisterait pas au conseil d'administration. Il voulait les accompagner à l'appartement et passer un peu de temps avec son fils, avait-il dit ensuite à Maggie.

Elle sourit à Marianne et rejoignit Nikos au salon.

— Hyde Park est à deux pas, nous pourrions y aller faire un tour et prendre un café là-bas ? proposa-t-il.

Maggie s'efforça de dominer sa joie.

— Bonne idée… Tu as le temps ?

— Bien sûr que j'ai le temps !

Après avoir enfilé une veste l'un et l'autre, ils se dirigèrent vers Hyde Park avec Daniel dans son landau. Il faisait plus frais en ce début d'automne, mais une douce chaleur emplissait le cœur de Maggie.

Après avoir marché un certain temps, ils s'assirent sur un banc pour boire leur café – un décaféiné pour elle.

— Qu'y a-t-il de prévu pour ce soir ?

— L'ouverture d'une boutique de créateur – l'une de nos marques –, sur Bond Street.

Il but une gorgée de son expresso.

— Mais ce sera une soirée assez informelle, ajouta-t-il. Le but est surtout d'accueillir le nouveau directeur artistique.

— Oui, mais s'il s'agit de mode, il faut que je sois à la hauteur, répliqua Maggie, un peu anxieuse. Qu'est-ce que je suis censée porter ?

— Quelque chose de très court avec beaucoup de paillettes…, répondit Nikos avec un petit sourire en coin.

10.

En fait de boutique, Maggie avait plutôt l'impression d'être dans une boîte de nuit. On se serait cru dans une sorte de grotte éclairée par des spots colorés.

Grâce à la styliste de la boutique de l'hôtel, elle avait trouvé une tenue correspondant à la description de Nikos : une robe ultra-courte en velours vert pomme constellé de paillettes et des escarpins noirs à talons aiguilles d'une hauteur vertigineuse. Et elle avait laissé ses cheveux boucler librement sur ses épaules, comme le lui avait demandé Nikos.

Quant à lui, il était très sexy, en costume bleu électrique et chemise blanche déboutonnée à l'encolure. Et sans cravate.

Parmi la foule, Maggie reconnut des acteurs et actrices célèbres, des top-modèles, des hommes politiques…

Soudain, elle sentit Nikos se raidir à côté d'elle.

— Maks ! s'exclama-t-elle en souriant à son beau-frère qui venait d'apparaître devant eux.

Il se pencha pour l'embrasser sur la joue.

— Bonsoir, Maggie. Comment allez-vous ? Vous supportez toujours mon frère ?

— Cela ne fait que deux semaines, répliqua-t-elle avec humour.

Maks tourna les yeux vers Nikos.

— Salut, Nikos.

— Salut, Maks.

— On ne t'a pas vu à la réunion du conseil d'administration, ce matin.

— J'étais occupé.

— Heureusement pour toi, les photos te montrant avec ta nouvelle famille semblent relancer le cours de nos actions.

— Les photos ? fit Maggie, confuse.

Maks sortit son Smartphone de sa poche et se rendit sur le site web d'un tabloïd. Suffoquée, elle vit des photos d'elle et Nikos à Hyde Park avec Daniel, prises à peine quelques heures plus tôt, avec pour gros titre :

L'ancien play-boy passe l'après-midi au vert. Combien de temps tiendra-t-il dans son nouveau rôle de père et d'époux ?

La nausée lui monta aux lèvres.

Nikos dit quelque chose à son frère, saisit la main de Maggie et l'entraîna dans la foule. Puis il arrêta un serveur et lui demanda ce qu'elle souhaitait boire.

— De l'eau pétillante, s'il te plaît.

Il lui tendit son verre et prit une coupe de champagne.

— Ça va ?

— Très bien, répondit-elle avec un sourire forcé.

En réalité, elle brûlait de lui demander s'il avait proposé cette balade en sachant qu'ils seraient photographiés, mais elle s'en abstint.

De toute façon, Nikos venait de s'éloigner avec l'un de ses assistants qui voulait lui présenter quelqu'un.

La fatigue s'abattit soudain sur Maggie, si profonde qu'elle étouffa un bâillement.

— Je vous comprends. Ces événements m'ennuient moi aussi à mourir.

Tournant la tête, elle vit Maks à côté d'elle.

— Nikos paraît différent ces derniers temps, plus détendu, poursuivit-il. Peut-être que vous lui ferez du bien, vous et le bébé. Excusez-moi, je n'aurais pas dû vous montrer ces photos.

— Pas de problème ! Je les aurais sans doute vues de toute façon. Et vous ? Vous n'avez pas envie de fonder une famille ?

Le visage de Maks s'assombrit.

— Je n'en ai pas l'intention. En fait, je suis content que Nikos nous ait rendu service sur ce plan-là.

— La vie réserve parfois des surprises, dit Maggie, le plus légèrement possible. Nikos n'en avait pas non plus l'intention, mais… c'est arrivé.

Les traits de Maks se détendirent.

— Savez-vous que c'est son anniversaire demain ?

— Non…

— C'est une drôle de coïncidence – enfin, pas si drôle que cela –, nos trois anniversaires tombent le même mois. D'abord Nikos, ensuite Sharif, et enfin, moi.

— Et votre sœur Sasha ? Est-elle venue avec vous ?

— Oh non ! Elle ne mettrait jamais les pieds dans ce genre de soirée ! Et elle est née au printemps.

L'expression de Maks changea de nouveau. Il fixa un point en étrécissant les yeux et murmura :

— Qu'est-ce qu'elle fait là, bon sang ?

Sur ces mots, il disparut dans la foule avant que Maggie ait pu voir de qui il parlait.

— Je t'ai vue discuter avec Maks, commença Nikos en réapparaissant devant elle. Il ne t'a pas incommodée ?

— Non, pas du tout. Il a été adorable.

Son mari laissa échapper un juron.

— Ce n'est vraiment pas le genre de qualificatif que j'appliquerais à Maks !

— Tu savais qu'il y aurait des photographes dans le parc ? demanda Maggie avec calme.

Il haussa les épaules.

— Disons que je m'y attendais. Cela t'ennuie ?

— Évidemment ! Ne pas pouvoir aller faire la moindre balade sans être photographiée, je trouve ça… anormal.

— Dans notre cas, c'est tout à fait normal, Maggie.

— Ah bon ? Ce n'est pas parce que vous avez tous grandi sous le regard des médias que notre enfant doit subir le même sort. Je ne veux pas que sa vie soit observée sous tous les angles. Il mérite d'avoir une existence normale. Il y a des tas de gens riches et célèbres qui ont des enfants et qui réussissent à les protéger des médias !

Nikos la dévisagea un instant en silence, l'air songeur.

— C'est vrai, dit-il enfin. Rien ne nous empêche de faire comme eux. Nous pouvons essayer, du moins.

Le soir suivant, Maggie se sentait à la fois excitée et nerveuse. Ils partaient le lendemain pour le Sud de la France et aucune sortie n'avait été prévue ce soir, mais…

Entendant soudain la porte d'entrée s'ouvrir puis se refermer, elle et Marianne allumèrent rapidement les bougies et attendirent l'arrivée de Nikos. Dès qu'il apparut sur le seuil, elles entonnèrent le traditionnel *Joyeux Anniversaire*… Avant de s'interrompre en voyant une véritable terreur envahir les traits de Nikos.

— Qu'est-ce que cela signifie ? demanda-t-il en regardant Maggie, le regard empli d'effroi. Comment as-tu appris que c'était mon anniversaire ?

— Maks me l'a dit hier soir. Je t'ai confectionné un gâteau.

— Eh bien, il a eu tort.

Il se détourna d'un mouvement brusque et disparut, tandis que Maggie se tournait vers Marianne et échangeait avec elle un regard perplexe et déconcerté.

Nikos tira vivement sur sa cravate, défit quelques boutons. Il avait du mal à respirer. Se penchant en avant, il appuya les mains sur le bureau et se concentra sur sa respiration, comme un ami le lui avait conseillé – un ancien légionnaire qui l'avait regardé un jour et lui avait demandé depuis combien de temps il était sujet aux crises de panique.

Son ami l'avait deviné parce qu'il avait reconnu les signes caractéristiques.

À son grand soulagement, les symptômes commencèrent à s'estomper. Beaucoup plus vite que d'habitude.

Nikos se redressa et s'avança vers la fenêtre en revoyant la scène, il revécut le choc, l'horreur à la vue du gâteau, des bougies… Maggie et Marianne se mettant à chanter…

Il n'évoquait jamais son anniversaire. Qu'est-ce qui avait pris à Maks d'en parler à Maggie, bon sang ? Il l'avait fait parce qu'il ne savait pas.

Des coups légers furent frappés à la porte.

— Nikos ? Tu vas bien ?

D'un côté, il avait envie de crier à Maggie de le laisser tranquille. De l'autre, il voulait la voir, l'attirer contre lui et se perdre dans la douceur de son corps.

— Je vais bien ! lança-t-il d'un ton brutal.

Il s'avança vers le bar et se servit un whisky. La porte s'ouvrit derrière lui. Il entendit Maggie entrer, se rapprocher.

— Nikos ?

— Je suis désolé. Tu ne pouvais pas savoir.

— Savoir quoi ?

— Que je déteste mon anniversaire.

— Pourquoi ?

Nikos se dirigea à nouveau vers la fenêtre.

— J'ignorais que c'était mon anniversaire jusqu'au jour où, j'avais environ cinq ans, mon père est venu à Athènes pour m'emmener au restaurant. Jamais je n'avais vu autant de gâteaux et de friandises – mes grands-parents étaient contre. Mon père m'a dit d'en manger autant que je voulais. Je croyais qu'il allait me remmener avec lui. J'étais si heureux !

Il s'interrompit et regarda les lumières qui constellaient le paysage nocturne sans les voir.

— Mais j'avais mangé trop de gâteaux, alors je me suis mis à vomir. Dégoûté, mon père m'a renvoyé à la maison avec ma nounou. J'ai été malade durant tout le week-end et je me suis dit que c'était à cause de cela qu'il était reparti sans moi… Ensuite, chaque année, il est venu le jour de mon anniversaire, m'a emmené au restaurant et a commandé des gâteaux – alors que, depuis cette première fois catastrophique, j'avais développé une véritable aversion pour toutes les pâtisseries. J'en suis venu à redouter ce rendez-vous annuel, tout en continuant d'espérer qu'il me remmène avec lui. Mais il ne l'a jamais fait.

Un soupir amer lui échappa.

— Et puis, une année, il est venu me chercher et m'a dit qu'il m'emmenait. J'ai cru que j'allais enfin rentrer à la maison avec lui. Je savais qu'il s'était remarié et avait un garçon et une fille – Maks et Sasha –, et j'étais fou de joie à la perspective de connaître mon frère et ma sœur. Mais je ne les ai pas vus. Il m'a conduit directement au pensionnat. Dans un coin perdu de l'Angleterre. Je n'ai jamais revu mes grands-parents qui se fichaient d'ailleurs complètement de mon sort. Et mon père n'est plus jamais revenu me voir le jour de mon anniversaire. J'ai appris plus tard que la date coïncidait avec celle de la mort de ma mère. Elle s'est suicidée le jour de mes deux ans…

Il se retourna et regarda Maggie. Elle avait le visage blême, les yeux écarquillés.

— D'où mon aversion pour les anniversaires, et les douceurs.

— Ton père était un sadique, Nikos. Quant à tes grands-parents… Ils ont rejeté leur fille, puis toi… Je suis désolée, murmura-t-elle en s'avançant vers lui. Si j'avais su…

— Tu ne pouvais pas le savoir. Personne ne le sait. Pas même mes frères.

La voyant se rapprocher, Nikos conclut d'un ton dur :

— Merci pour le gâteau, mais je n'en veux pas. Tu peux le manger avec Marianne, si tu veux.

Monte-Carlo était aussi pittoresque que Maggie se l'était imaginé à l'époque où, adolescente fascinée par Grace Kelly, elle avait tout lu sur la célèbre actrice américaine devenue princesse de Monaco.

Ils étaient venus de Cannes – où avait eu lieu le lancement du nouveau parfum – en hélicoptère, lequel avait atterri sur une piste située à proximité de l'hôtel du Marchetti Group où Nikos possédait un superbe appartement. L'hôtel lui-même faisait partie du tout nouveau casino où ils devaient participer à un gala avec vente aux enchères, suivi d'une partie de poker entre milliardaires – tous les fonds et gains récoltés devant être reversés à la fondation caritative qui avait organisé la soirée.

Une fois encore, une équipe de stylistes était venue aider Maggie à se préparer. Ses cheveux ondulaient sur une épaule dénudée par la coupe asymétrique de sa robe en soie noire, fendue jusqu'au genou du côté opposé.

Nikos entra dans le salon en boutonnant sa veste, leva les yeux et laissa glisser son regard sur le corps de Maggie, avec une indifférence manifeste.

Une sensation de froid l'envahit.

— Comment va Daniel ? demanda-t-il.

— Bien. Marianne l'a emmené faire un tour dans les jardins.

Elle s'interrompit et fit un pas vers lui.

— Quelque chose ne va pas, Nikos ? J'ai l'impression… depuis Londres… Tu regrettes de m'avoir parlé de… ?

— Tout va bien, coupa-t-il, assez sèchement. Tu es prête ?

Il mentait. Un fossé s'était ouvert entre eux. Et Maggie ne pouvait s'empêcher de penser que son mari n'éprouvait plus aucun désir pour elle.

Une fois dans l'ascenseur, elle se tourna vers lui.

— Quand nous serons de retour à Paris, je suppose que tout va se calmer ?

— Qu'entends-tu par là ?

— Eh bien, nous bougerons moins… Nous pourrons nous installer.

Les portes de l'ascenseur coulissant en silence, ils sortirent de la cabine.

— Je voyage énormément. Tu ne seras pas toujours obligée de m'accompagner, mais ta présence sera souvent nécessaire.

— Oui, je sais. Mais, lorsque Daniel sera plus grand, il aura besoin d'une vie plus régulière.

— C'est bien pour cela qu'il a une nounou.

— J'adore Marianne, je la considère comme une amie et elle est formidable avec Daniel, mais après tout ce que tu m'as raconté, l'autre soir, tu voudrais que notre fils soit élevé par sa nounou ? riposta Maggie, soudain furieuse. Tu envisages aussi de l'envoyer en pension, peut-être ?

Il la foudroya du regard.

— Le moment est mal choisi pour parler de Daniel.

— Quand, alors ? rétorqua-t-elle en redressant le menton.

— Plus tard. Après le gala.

La soirée avait lieu dans une magnifique salle de réception de style baroque dont les larges portes-fenêtres donnaient sur une immense terrasse surplombant de superbes jardins. Un quatuor réputé jouait de la musique classique.

Encore sous le coup de son vif échange avec Nikos, Maggie accepta une coupe de champagne.

Au fur et à mesure que la soirée se déroulait, elle se sentit gagnée par une horrible impression de solitude. La vente aux enchères commença comme prévu, les lots se vendaient comme des petits pains tandis qu'immobile à côté de son mari elle se sentait… abandonnée.

L'homme qu'elle aimait – parce que Maggie ne pouvait plus ignorer la nature des sentiments qu'elle éprouvait pour

Nikos – ne voulait plus d'elle. Il ne supportait même pas de la regarder !

Si elle s'en allait, il ne s'en apercevrait même pas.

Comme elle en eut la preuve quand elle s'éloigna de lui quelques instants plus tard.

11.

Nikos sentit le moment précis où Maggie s'éloigna de lui. Il se conduisait comme une brute, il le savait. Mais c'était plus fort que lui. Quand elle lui avait demandé un peu plus tôt si quelque chose le tracassait, faisant allusion à ce qu'il lui avait dit à Londres, il avait été de nouveau submergé par le sentiment d'être un être toxique et de lui nuire par sa simple présence.

Depuis, il avait du mal à la regarder, tout en la désirant plus que jamais. Quand il contemplait ces yeux bleus… il se sentait exposé au plus intime de son être.

Daniel était le seul qui paraissait le regarder sans rien attendre de lui.

Parce qu'il n'était encore qu'un bébé.

Nikos jura en son for intérieur. Mais il ne pouvait nier que, lorsque Daniel le regardait, quelque chose s'apaisait en lui. Alors que la perspicacité de Maggie le mettait à vif, ravivant des souvenirs qu'il tenait à garder enfouis au plus profond de lui-même. Elle lui faisait désirer des choses inaccessibles.

Lorsque les enchères s'achevèrent sans qu'elle n'ait réapparu, Nikos pressentit qu'elle ne reviendrait pas et se dit que c'était parfait. Elle devait comprendre qui il était.

Maggie lui donnait l'impression d'être meilleur que celui qu'il était vraiment. Mais ce n'était qu'une illusion, et lui savait qu'il ne pourrait jamais satisfaire ses attentes.

Aussi valait-il mieux qu'elle sache à qui elle avait affaire. Maintenant. Avant de souffrir.

Maggie se réveilla avec un début de torticolis et s'aperçut qu'elle s'était endormie assise dans le fauteuil après avoir recouché Daniel.

Sans faire de bruit, elle sortit de la chambre et se dirigea vers le salon où elle trouva Marianne en train de lire.

— Nikos est rentré ?

Marianne referma son livre après y avoir glissé un marque-page.

— Non, pas encore.

Elle regarda Maggie en plissant le front.

— Vous allez bien ?

— Oui... Pourquoi ?

— Vous êtes livide.

Pas étonnant. Elle avait eu la nausée quasiment toute la journée.

— Je suis un peu fatiguée, c'est tout.

Marianne la dévisagea un instant en silence.

— Excusez-moi, Maggie, vous allez me trouver indiscrète... Mais vous ne seriez pas...

— Non, déclara Maggie en secouant la tête. Je ne...

Elle s'interrompit, paniquée.

— Ce n'est pas possible, n'est-ce pas ?

— Je n'en suis pas certaine, mais je crois qu'une femme peut tomber enceinte même quand elle allaite.

Un vertige gagna Maggie. Elle eut envie de s'asseoir. Était-ce possible qu'elle soit de nouveau enceinte ? Déjà ?

Quand elle attendait Daniel, les nausées s'accentuaient le soir, se souvint-elle.

— Je suis sûre que ce n'est pas cela, dit-elle en se forçant à sourire. Vous voulez bien surveiller Daniel, s'il vous plaît ? J'en ai pour quelques minutes.

— Allez-y, Maggie. Je n'avais pas l'intention de me coucher maintenant, de toute façon.

Ce ne fut qu'en arrivant au rez-de-chaussée que Maggie s'aperçut qu'elle était partie pieds nus. Mais la salle de réception était maintenant déserte, à l'exception du personnel qui empilait les chaises. Voyant l'un des assistants de Nikos quitter la pièce, elle le rejoignit et lui demanda s'il savait où était son mari. Il la conduisit vers une autre salle, dont l'entrée était gardée par un videur à la mine patibulaire.

Quand il ouvrit la porte, Maggie s'arrêta sur le seuil, sidérée. Elle avait l'impression de se retrouver dans un film de James Bond. La salle était équipée d'un bar tout en longueur sur un côté et d'une sorte de scène qui offrait un espace surélevé. Autour d'une table ovale, des hommes et des femmes étaient assis, concentrés sur une partie de poker.

Elle repéra Nikos, le nœud papillon défait et pendant d'un côté, les manches roulées sur ses avant-bras. Il ne fumait pas mais un nuage de fumée flottait au-dessus des joueurs. Quand il l'aperçut, un éclair traversa son regard avant de s'éteindre aussitôt.

Peut-être même l'avait-elle rêvé. Quelque chose s'était irrévocablement rompu entre eux, elle le savait.

Nikos regarda les autres joueurs.

— Mesdames et messieurs, je vous présente ma femme.

Tous tournèrent les yeux vers Maggie qui rougit et foudroya Nikos du regard.

— Viens, Maggie, poursuivit-il en se levant. Tu vas me porter chance – j'en ai besoin.

Au lieu de tourner les talons et de s'en aller, comme elle l'aurait dû, elle s'avança et gravit les marches. Dès qu'elle arriva à côté de lui, Nikos lui prit les bras et se rassit en l'installant sur ses genoux.

Affreusement embarrassée, Maggie se raidit tandis qu'il lui enlaçait la taille.

— Je vous recommande chaudement de vous marier, dit-il en riant à la cantonade. Regardez-moi : je suis devenu un autre homme !

Cette fois, ç'en était trop. Elle se leva, mais il la fit se rasseoir aussitôt.

— Ne t'en va pas… J'ai besoin de toi.

— Non, chuchota-t-elle en le regardant dans les yeux. Tu n'as pas besoin de moi, et c'est bien ça, le problème.

Quand elle se leva à nouveau, il ne chercha pas à la retenir.

— Je voulais seulement m'assurer que tu allais bien, dit Maggie avant de se libérer et de redescendre les marches.

— Ne m'attends pas !

Elle se retourna et regarda Nikos. Il était redevenu le playboy débauché qui avait débarqué un soir à Kildare House.

— Ne t'inquiète pas, je n'en ai pas l'intention, répliqua-t-elle avec calme.

L'aube se levait lorsque Nikos rentra à l'appartement plongé dans la semi-pénombre.

Il se sentait vide, inconsistant. Au moment où il laissait tomber sa veste sur le canapé, il entendit un léger bruit et, tournant les yeux, vit Maggie, debout à côté de la fenêtre. En dépit du faible éclairage, il remarqua ses traits tirés, son teint blême. Une veste était posée sur le dossier du fauteuil. Sur l'assise, Nikos vit la nacelle et aperçut le bébé qui dormait paisiblement à l'intérieur.

— Que se passe-t-il ? Pourquoi n'es-tu pas au lit ?

Lorsqu'elle redressa le menton, ce simple mouvement atteignit Nikos en plein cœur. Mais il refoula la sensation, de toutes ses forces.

— Nous prenons le premier vol pour l'Irlande, avec une brève escale à Londres. J'attends un taxi. Marianne est dans sa chambre et elle dort. Elle retournera à Paris plus tard dans la journée et sera en congé jusqu'à ce que nous décidions de la suite.

— Qu'est-ce que tu racontes ?

— Tu avais dit que nous parlerions après le gala, mais tu as manifestement changé d'avis.

— Eh bien, nous n'avons qu'à parler maintenant.

— Non, il est trop tard, répliqua-t-elle en secouant la tête. Ça ne fonctionne pas, Nikos. Daniel est ma priorité et il commence à faire ses dents. Il a besoin d'un endroit fixe, pas d'être transporté d'hôtel en hôtel. L'appartement de Paris n'est pas approprié. Nous avons besoin d'une maison et, pour autant que j'aie pu en juger cette nuit, tu n'es pas prêt à changer de vie.

Cette fois, ce fut un sentiment de chute qui saisit Nikos. Ils devaient en arriver là tôt ou tard. Et c'était ce qu'il désirait. Maggie était trop proche. Trop perspicace. Il fallait qu'elle s'en aille.

— Que comptes-tu faire ? demanda-t-il.

Maggie rassembla toutes ses forces pour ne pas s'effondrer. Il n'essayait même pas de la retenir.

— Nous allons nous installer à Kildare House – cela ne te dérange pas ?

— La propriété t'appartient. C'est stipulé dans notre contrat de mariage. Cette maison est à toi, quoi qu'il arrive.

— Tu me la donnes ? insista-t-elle, stupéfaite.

Elle avait à peine lu le contrat. Mais au fond ce n'était pas étonnant qu'il lui ait cédé Kildare House : il se fichait de cette maison et la lui avait cédée pour s'en débarrasser, en quelque sorte.

— Je l'accepte au nom de Daniel, reprit-elle, crispée.

— Cette maison est à *toi*, répéta-t-il, l'air courroucé.

Maggie redressa les épaules et regarda Nikos droit dans les yeux, résolue à en avoir le cœur net. Parce que, sinon, elle garderait toujours un espoir.

— Qu'est-ce que j'ai d'autre, Nikos ?

Il la regarda en fronçant les sourcils.

— Que veux-tu ?

Maintenant qu'elle avait commencé, elle devait aller jusqu'au bout.

— Il ne s'agit pas de *ce que* je veux, mais de *qui* je veux. Toi, Nikos. Je te veux. Je veux tout de toi. Je suis tombée amoureuse de toi, en dépit de toutes tes mises en garde. Tu m'as laissé entrevoir ton moi secret, que personne d'autre ne connaît. Et tu me repousses à cause de cela… Je me trompe ?

Nikos avait pâli sous son hâle.

— Ne sois pas ridicule !

Elle s'avança vers lui. Un mélange de crainte et de vulnérabilité se lisait dans les yeux sombres. En insistant, elle risquait de tout perdre, mais elle n'avait pas le choix. C'était le seul moyen d'étouffer l'étincelle d'espoir qui, sinon, finirait par la détruire.

— Je sais que tu me désires et que tu ressens quelque chose pour moi, Nikos. Peut-être pas de l'amour, mais un sentiment profond.

Une expression dure envahit ses traits.

— Je n'éprouve aucun sentiment profond ! Je t'ai dit que je n'en avais pas à t'offrir. Quant au désir, il finit toujours par s'émousser, avant de disparaître tout à fait.

Maggie encaissa le choc et se rapprocha de lui. Puis elle lui posa la main sur la nuque et attira son visage vers le sien. Nikos demeura impassible.

— Qu'est-ce que tu fais ?

Pour toute réponse, elle posa sa bouche sur ses lèvres serrées.

Nikos redressa brusquement la tête et s'écarta d'elle.

— Arrête, Maggie. Tu t'es assez ridiculisée comme cela.

Toute son audace la déserta. Elle s'était ridiculisée, en effet, et lui n'avait fait que s'endurcir. Comme un automate, elle se dirigea vers le fauteuil, enfila sa veste, souleva la nacelle et revint vers Nikos qui la regardait faire, impassible.

— Tu sais où nous joindre. À présent, je dois me concentrer sur les besoins de mon fils.

Jusqu'au tout dernier moment, son cœur stupide espéra que Nikos allait l'arrêter, lui dire qu'elle se trompait. Mais elle quitta l'appartement sans qu'il n'ait prononcé un mot ou fait un geste pour la retenir.

Maggie raccrocha son torchon et s'assit à la table de la cuisine pour souffler un peu, lorsqu'elle fut assaillie par une nouvelle vague de nausée.

Heureusement, celle-ci passa presque aussitôt, si bien qu'elle se leva, but un peu d'eau et regarda autour d'elle. Et dire que Nikos avait acheté cette maison sur un coup de tête parce qu'il envisageait d'investir dans les chevaux de course, avant de se désintéresser complètement de son projet, de la même façon qu'il s'était désintéressé de sa femme et de son fils !

En fait, Maggie entretenait sa colère. C'était la seule chose qui l'aidait à tenir depuis qu'elle avait lu les commentaires des médias.

La lune de miel de Marchetti est bel et bien terminée !

Le riche play-boy retourne à son ancienne vie !

Marchetti de retour sur le marché des riches célibataires ?

Dire qu'elle lui avait avoué qu'elle l'aimait dans l'espoir de le faire réagir ! Alors qu'il était incapable d'éprouver le moindre sentiment. Le pire, c'était qu'il l'avait prévenue, depuis le début…

À l'instant où elle se dirigeait vers l'évier pour laver son verre, des coups vigoureux retentirent au rez-de-chaussée.

Quelqu'un frappait à la porte d'entrée.

Maggie baissa les yeux sur l'écran du babyphone posé sur la table. Daniel dormait toujours. Elle glissa l'appareil dans sa poche et remonta au rez-de-chaussée.

Le heurtoir retomba de nouveau, plus fort.

Agacée, elle alluma la lampe extérieure, ouvrit la porte et eut l'impression que son cœur s'arrêtait de battre à la vue de la haute silhouette sombre se découpant sur le ciel mauve.

Elle contempla le smoking noir, le nœud papillon défait pendant d'un côté, les épais cheveux bouclés, le beau visage aux traits virils, les yeux sombres mais pas bruns. Mordorés. La peau mate. La barbe de deux jours.

Lentement, Nikos laissa descendre son regard sur le corps de Maggie. Exactement comme la première fois.

Mon Dieu, je rêve…

Mais lorsque Maggie rouvrit les yeux, il était encore là. Nikos Marchetti. Son mari. Elle s'attendait à le revoir un jour, forcément, mais pas maintenant, pas comme ça. Elle n'était pas prête.

Faisant volte-face, elle retraversa le hall en sens inverse.

— Tu devrais vraiment te faire faire une clé.

— Ah… Mais serais-je le bienvenu ?

Maggie s'arrêta et se retourna vers lui. Au même instant, elle réalisa qu'elle portait quasiment la même tenue que lors de leur première rencontre. Un short en jean et un chemisier écossais, noué à la taille. Elle avait passé la journée à faire le ménage, la monotonie de ce travail constituant la meilleure des thérapies. À présent, elle se sentait ridicule.

— Où est M. Wilson ? demanda tout à coup Nikos.

— Je lui ai accordé quelques jours de congé pour aller voir sa famille, répondit-elle en croisant les bras.

Elle le dévisagea de la tête aux pieds, essayant de prendre une posture aussi décontractée que la sienne.

— Tu sors d'une soirée destinée à promouvoir l'une des célèbres marques du Marchetti Group ?

— Oui, je participais à une soirée. À Londres.

Il avait fait tout ce chemin pour venir à Kildare House ?

— Comment va Daniel ?

Son cœur se serra douloureusement. Quelle idiote ! Il était venu pour Daniel, pas pour elle. Et alors ? Elle aurait dû se réjouir qu'il se préoccupe de son fils…

— Bien. Il est à l'étage, il dort. Si tu veux discuter des modalités de visite, je préférerais que nous passions par des intermédiaires. Ce serait mieux pour tout le monde.

Il s'avança en ôtant sa veste, qu'il laissa choir sur le sol avant de s'arrêter devant Maggie.

— Oh ! vraiment ? Des intermédiaires ?

— Nikos…

L'espace d'un bref instant, elle crut qu'il allait l'embrasser, mais il se détourna en se passant la main dans les cheveux. Avant de pivoter brusquement sur lui-même, les yeux étincelants. L'instant d'après, Maggie se retrouva dans ses bras et la bouche ferme de Nikos prit possession de la sienne.

Elle fondit. Tout entière. Corps et âme.

Nikos la souleva et la serra contre lui tandis qu'elle refermait les jambes autour de ses hanches étroites, puis écartait la bouche de la sienne pour reprendre son souffle. Son cœur lui martelait la poitrine. Elle appuya les mains sur son torse musclé pour se libérer, et Nikos la laissa glisser contre lui.

— Que se passe-t-il ? demanda-t-elle en reculant, les jambes tremblantes. Tu avais dit que tu ne…

— C'était un mensonge ! l'interrompit-il avec un rire bref et creux. Un de plus.

Quand il tendit la main vers la sienne, Maggie la contempla avec méfiance.

— Tu veux bien me laisser t'expliquer ?

Sans savoir si elle avait raison ou pas, elle glissa la main dans celle de Nikos et le suivit dans le salon. Aussitôt entré, il lui lâcha la main et s'avança vers la bibliothèque.

— Tes livres sont revenus.

Il se retourna.

— Ils m'ont manqué.

— Nikos…

— *Tu* m'as manqué. Je n'ai pas dormi depuis que tu es partie, dit-il, le regard torturé.

Il avait l'air fatigué, en effet. Des cernes soulignaient ses yeux.

— Après ton départ, je suis retourné au casino et ensuite les jours se sont succédé dans une sorte de brouillard.

— Je peux te montrer les gros titres, si tu veux te rafraîchir la mémoire. Tu es sorti du casino à midi le…

— Je sais, l'interrompit-il à nouveau en levant la main.

Je me suis conduit comme un imbécile. Parce que je t'aime. Quand tu m'as dit que tu m'aimais, je ne t'ai pas crue. Je me sentais coupable et…

— Qu'est-ce que tu as dit ? l'interrompit-elle à son tour.

— À quel moment ?

Maggie se rapprocha de lui et agrippa sa chemise.

— Tu le sais très bien.

Jamais il ne l'avait regardée ainsi. Avec cet éclat dans les yeux.

— Tu as bien dit que tu m'aimais, n'est-ce pas ? demanda-t-il lentement. Je n'ai pas rêvé ?

— Non, tu n'as pas rêvé. Je t'aime, Nikos. Je t'ai sans doute aimé dès le premier instant où je t'ai vu. Et ce soir, quand j'ai ouvert la porte, j'ai cru être victime d'une hallucination…

Nikos lui prit les mains. Les siennes tremblaient. Il l'attira vers le canapé.

— Tu portes toujours ton alliance et ta bague de fiançailles, dit-il en s'asseyant à côté d'elle.

— J'avais l'intention de les ôter…

— Je n'aurais pas pu t'en vouloir, murmura-t-il, le regard rivé au sien. Je suis un imbécile.

— Tu l'as déjà dit.

— Je t'aime. Mais je ne le savais pas parce que je n'avais jamais aimé auparavant. Je me suis souvenu de ce que tu avais dit à propos de ta mère… Et que tu ferais n'importe quoi pour Daniel… C'est ce que je ressens pour toi. Et pour lui. Sans toi, je ne pouvais pas respirer, Maggie. J'ai besoin de toi. De vous deux.

Il embrassa la pièce du regard.

— Tu sais pourquoi c'est la seule maison que j'aie jamais achetée ?

— Non, murmura Maggie.

— Elle m'a plu au premier coup d'œil, même s'il ne s'agissait que d'une photo. J'ai dû t'y voir en rêve. Ensuite, je suis venu, et tu étais là. Je n'avais jamais eu de maison à moi. Mais, lorsque tu as ouvert la porte, quelque chose s'est apaisé en moi, pour la première fois de ma vie. Je me suis senti chez moi.

Après s'être interrompu un instant, il poursuivit :

— Au pensionnat, je faisais des crises de panique. Elles étaient provoquées par l'impression d'être complètement isolé et seul. Au moment des vacances scolaires, j'étais invité chez l'un ou l'autre de mes camarades. Je ne voyais jamais mes frères. À l'époque, Sharif vivait à l'étranger, il forgeait sa place dans l'entreprise familiale. Maks faisait la navette entre notre père et sa mère.

Il fit la moue.

— Ils n'étaient pas mieux lotis que moi, je m'en rends compte maintenant. Mais je m'imaginais qu'ils étaient plus heureux. Chez les parents des camarades qui m'accueillaient, j'avais l'impression d'être nocif. Je croyais qu'ils voyaient que j'étais jaloux d'eux et de leur bonheur. Alors je me suis juré de ne jamais désirer la même chose. Je considérais cela comme une faiblesse. Si ma propre famille ne voulait pas de moi, c'était forcément parce que je ne méritais pas d'être aimé.

— Oh ! Nikos, murmura Maggie en lui caressant la joue. Tu le méritais, bien sûr. Tu as perdu ta mère si jeune…

Tournant la tête, il lui embrassa la paume.

— J'ai cru pendant longtemps qu'elle m'avait quitté parce que je ne valais pas la peine qu'elle continue à vivre pour moi.

— Je peux le comprendre. D'autant plus qu'il n'y avait personne pour te dire le contraire.

— Je ne me suis jamais autorisé à ressentir quoi que ce soit pour quiconque jusqu'à ce que je te rencontre. Il m'a fallu un an pour revenir vers toi.

— Tu es là, maintenant.

— Oui. Et je veux que nous ayons une maison. Une vraie maison. À Paris, ici… où tu voudras. Ma vie est avec toi, désormais, et avec Daniel.

— Et avec…

Maggie attrapa la main de Nikos et la posa sur son ventre.

— Je suis de nouveau enceinte. Je me croyais…

— Enceinte ? Nous allons avoir un autre bébé ?

Il se leva et quitta la pièce si brusquement qu'elle se sentit perdue. C'était trop. Il était trop tôt.

Le cœur battant sourdement dans sa poitrine, elle se leva et attendit. Elle allait entendre la porte s'ouvrir puis se refermer…

Nikos réapparut sur le seuil, Daniel à moitié endormi dans les bras, et vint la rejoindre. Très ému, il posa sa main libre sur le ventre de Maggie.

— Tu vois, là, mon trésor ? C'est ta petite sœur ou ton petit frère qui grandit dans le ventre de maman.

Les larmes de joie roulèrent sur les joues de Maggie.

— J'ai cru que tu…

— C'est ce dont j'avais toujours rêvé, l'interrompit-il doucement. J'avais trop peur pour me l'avouer. Peur de ne pas le mériter.

— Tu le mérites plus que tout autre, mon amour.

Quand ils s'embrassèrent, Daniel gazouilla gaiement, et Maggie se mit à rire à travers ses larmes.

— On se remarie ? demanda Nikos. Ici ? Je veux t'offrir un vrai mariage, pour te montrer, et montrer au monde entier combien je t'aime.

Elle hocha la tête en s'essuyant les joues.

— D'accord.

Épilogue

Sept mois plus tard, ils sortirent de la petite église de village située à proximité de Kildare House.

Le soleil printanier brillait dans le ciel ; des pétales de fleurs roses et blancs recouvraient le sol. Nikos portait Daniel haut dans un bras et, de l'autre, tenait Maggie par la taille.

Tout le monde lança des hourras et applaudit, puis poussa des cris ravis lorsqu'ils s'embrassèrent longuement.

Nikos redressa la tête et regarda sa femme.

— Pas de regrets, madame Marchetti ?

— Aucun, répondit-elle en souriant. Quelqu'un m'a dit un jour que c'était pour les perdants.

Leur fille Olympia – prénommée ainsi en souvenir de la mère de Nikos – vit le jour à Paris.

Ému aux larmes, Nikos présenta à Daniel sa petite sœur, puis se tourna vers Maggie, appuyée contre les oreillers, épuisée mais heureuse. Et plus belle que jamais.

— Je t'aime, murmura-t-elle, avant de s'endormir aussitôt.

— Dors bien, ma chérie, chuchota-t-il. Je veille sur notre petite famille.

Vous avez aimé *Une nuit à Kildare House* ?
Découvrez la suite de votre série « La dynastie Marchetti »
dès le mois prochain dans votre collection Azur !

Retrouvez prochainement, dans votre collection AZUR

Amoureuse d'un roi, de Maisey Yates - N°4367

Parce qu'elle a grandi au royaume de Liri, Tinley a le sens du devoir. Pourtant, le jour où le roi Alexius de Prospero se met en tête de lui trouver un époux convenable, pour honorer une promesse faite à son père, elle est désespérée. Certes, si elle n'est pas mariée avant son vingt-troisième anniversaire, elle devra renoncer à son héritage. Mais comment pourrait-elle se résoudre à une union de convenance avec un inconnu quand, depuis toujours, elle brûle de désir pour Alexius ?

Danse avec un cheikh, de Clare Connelly- N°4368

Un vent de rébellion souffle en Johara. Pour quelques heures, elle veut tout oublier : son statut de princesse, ses responsabilités et le mariage auquel elle doit se soumettre pour assurer la paix dans la région… C'est à l'occasion d'un bal que sa vie bascule, entre les bras d'un sublime inconnu. Après la nuit torride qui les unit, Johara découvre en effet avec stupeur que son amant mystérieux n'est autre que le cheikh Amir d'Ishkana, qui voue une haine farouche à sa famille. Dès lors, Johara n'a d'autre choix que de conclure une alliance avec son ennemi et, pour cela, de le suivre dans son palais du désert…

Inoubliable promesse, de Kali Anthony - N°4369

Elle a rompu sa promesse, il ne le lui a jamais pardonné. Autrefois, Eve et Gage se sont follement aimés, malgré la haine qui opposait leurs familles respectives. Pourtant, la nuit où tous deux avaient convenu de fuir pour se marier en secret, Eve est restée. Pire, soumise à un odieux chantage de la part de son père, elle a dû rejeter l'homme de sa vie… Depuis, leurs sociétés se livrent une guerre impitoyable, nourrie par le ressentiment de Gage. Et s'il a demandé à la revoir, sept ans après leur séparation dramatique, c'est pour lui annoncer qu'il a gagné la bataille. Eve perdra tout, à moins qu'elle ne répare ce qu'elle a autrefois brisé… en l'épousant !

L'épouse de Leon Petrakis, de Dani Collins - N°4370

Une liaison passionnée, un mariage éclair – puis la rupture, inévitable. Cinq ans plus tôt, Leon Petrakis est sorti de la vie de Tanja aussi vite qu'il y était entré, lui brisant le cœur au passage. Si depuis lors son époux ne lui a donné aucune nouvelle, il débarque soudain sur l'île d'Istuval, à son grand soulagement, pour la tirer de la situation périlleuse dans laquelle elle se trouve. À présent qu'ils sont réunis, Tanja exige de Leon qu'il joue enfin auprès d'elle son rôle de mari, du moins officiellement. Car, si le côtoyer de nouveau est une perspective qui la bouleverse, c'est à ce prix seulement qu'elle pourra adopter le bébé qu'elle aime déjà plus que tout au monde…

Une dangereuse héritière, de Maya Blake - N°4371

Parce qu'il est le dernier des Fiorenti, Maceo a une responsabilité : faire prospérer l'empire familial bâti par ses aînés dans le secteur de la confiserie. Hélas, alors que Casa di Fiorenti aurait dû lui revenir exclusivement, il découvre qu'une part de la société appartient désormais à Faye Bishop, une parfaite inconnue. Quelle est cette héritière qui menace brusquement ce à quoi il a consacré toute sa vie ? Déterminé à le découvrir, Maceo la convoque dans sa villa de Capri. Or cette rencontre ne fait qu'attiser sa méfiance. Car sous les dehors innocents de la belle, il en est sûr, se cache une croqueuse de diamants...

Fiancée à un milliardaire écossais, de Louise Fuller - N°4372

Rompre ses fiançailles avec Farlan Wilder est la décision la plus difficile que Lady Antonia ait jamais prise. Si elle a dû suivre les injonctions de sa famille, sa rupture avec le bel Écossais a laissé un grand vide en elle. Aussi, quand elle revoit Farlan après sept années de regrets et de solitude, Antonia se sent revivre. Hélas, s'il est de retour à Lamington Hall, le manoir familial, ce n'est pas pour renouer avec elle mais pour lui rappeler sa trahison. Plus encore, Farlan est là pour assouvir sa vengeance...

Rencontre au palais, de Jessica Gilmore - N°4373

Emilia retient son souffle tandis qu'elle découvre le palais royal d'Armaria. Le bal d'été qu'elle est chargée d'organiser au château restera dans les annales, c'est certain ! Aussitôt, elle se met à l'ouvrage, résolue à se montrer à la hauteur de l'événement. Lorsqu'elle rencontre un bel inconnu dans les jardins secrets, elle croit vivre un conte de fées. Se pourrait-il qu'elle ait trouvé l'amour dans ce lieu enchanteur ? Rien n'est moins sûr, car celui qui a fait chavirer son cœur n'est autre que Laurent, le souverain d'Armaria. Un homme qui lui sera à jamais inaccessible...

Ce patron si secret, de Susan Meier - N°4374

SÉRIE : *LES MILLIARDAIRES DE MANHATTAN* - 3/3

La vie de Danny Manelli ne sera plus jamais la même. Il vient de découvrir qu'il est l'un des héritiers d'un milliardaire mais surtout, qu'il a un fils de deux ans ! Parce qu'il ne connaît rien aux enfants, Danny s'empresse de recruter une nourrice, en la personne de Marnie Olsen. Si la jeune femme se révèle parfaite auprès du petit garçon, elle est bientôt source d'inquiétude pour Danny. En effet, le désir qui le pousse vers elle est aussi intense que malvenu. Et puis, il a l'impression que Marnie lui dissimule un secret...

Liaison à Saint-Pétersbourg, d'Abby Green - N°4375

SÉRIE : *LA DYNASTIE MARCHETTI* - 2/3

Un inconnu d'une beauté à couper le souffle. Sans réfléchir, Zoe saisit son appareil pour le prendre en photo. Un bien mauvais réflexe, car l'Apollon se révèle être Maks Marchetti. Un homme d'affaires qui, poursuivi depuis toujours par les paparazzis, tient à tout prix à préserver sa vie privée. Malgré leur rencontre houleuse, Zoe et Maks sont immédiatement liés par un désir intense et entament une liaison dont ils savent qu'elle sera éphémère. Seulement, à mesure que Zoe passe du temps dans les bras de son amant, à Saint-Pétersbourg ou Venise, elle sent poindre en elle des sentiments interdits…

La tentation d'une innocente, de Jackie Ashenden - N°4376

SÉRIE : *LA COURONNE D'AXIOS* - 2/2

Avec humilité, Anna pénètre dans le palais royal d'Axios, une forteresse médiévale nichée au pied des montagnes. Et dire que c'est dans ce lieu grandiose et chargé d'histoire qu'elle vivra, avant d'entrer dans les ordres ! Pour une raison qu'elle ne s'explique pas, elle a en effet été recommandée par la mère supérieure auprès du roi lui-même pour être la préceptrice de la princesse sa fille. Est-elle seulement qualifiée pour le poste ? Les doutes d'Anna grandissent encore lorsqu'elle fait la rencontre du souverain. Car Adonis Nikolaides éveille aussitôt en elle un trouble inédit, intense… et interdit.

Une exquise vengeance, de Tara Pammi - N°4377

Le plan de Riya est simple : faire croire à Nathaniel Keys qu'elle s'apprête à vendre le manoir familial pour l'obliger à revenir au domaine et faire la paix avec son père. Elle ne supporte plus de voir le vieil homme, qui l'a élevée comme sa propre fille, souffrir de l'absence de son fils unique. Ce qu'elle n'avait pas prévu, c'est que l'adolescent d'autrefois se serait mué en homme impitoyable. Un homme qui, furieux d'avoir été piégé, a pris le contrôle de l'entreprise qu'elle a créée et menace aujourd'hui de licencier tous ses employés. Malgré elle, Riya doit se rendre à l'évidence : elle est à la merci de Nathaniel. Et, à en juger par la lueur prédatrice qui brille dans son beau regard azur, elle devine qu'il entend profiter pleinement de sa vengeance…